學生摘星

精解世說新語

施紅紅　萬堯鈴　著　　蒲葦　顧問

商務印書館

責任編輯：鄒淑樺
裝幀設計：張毅
封面設計：趙穎珊
排　　版：肖霞
印　　務：龍寶祺

學生摘星——精解世說新語

作　　者：施紅紅　萬堯鈴
顧　　問：蒲葦
出　　版：商務印書館（香港）有限公司
香港筲箕灣耀興道 3 號東匯廣場 8 樓
http://www.commercialpress.com.hk
發　　行：香港聯合書刊物流有限公司
香港新界荃灣德士古道 220–248 號荃灣工業中心 16 樓
印　　刷：新世紀印刷實業有限公司
香港聯合書刊物流有限公司香港柴灣利眾 44 號泗興工業大 13 樓 A 室
版　　次：2025 年 7 月第 1 版第 1 次印刷

ISBN 978 962 07 0668 4
Printed in Hong Kong

序言

古今結合，開展 DSE 摘星之旅

《世說新語》，一部流傳千年的文學瑰寶，記錄了魏晉名士的風骨與智慧，展現了那個時代的文化風貌與思想精髓。本書以《世說新語》為核心，根據原著的三十六個主題，精選其精華篇章，將古典文學的魅力與現代 DSE 中文考試的學習需求相結合，讓讀者在學習古文的過程中，既能感受古典文學的魅力，又能提升應試能力。希望每位讀者都能在本書的陪伴下，開展屬於自己的摘星之旅。

多元化主題涵蓋，全面提升應試能力

本書保留原著的三十六個主題，涵蓋道德品行、國家政治、文章博學、賞識讚美等多方面內容，幫助學生拓展視野，積累中文語感，從容應對中文考試中所涉及的多元化題材。每篇文章都包含了原文、注釋、譯文、精選金句及現代觀點解讀，將古典文學的深奧轉化為易於理解的知識點，幫助讀者在閱讀中感受文言文之美，在應用中掌握其精髓。同時，書中精選的經典名人故事，如「王羲之東牀快婿」、「嵇康臨刑奏樂」、「謝安東山再起」等，既充滿趣味性，又能啟發學生思考，為他們的作文增添深度與亮點。

閱讀寫作雙向提升，DSE 考場致勝秘鑰

每篇文章都將《世説新語》的內容與DSE中文閱讀與寫作緊密結合。閱讀部分，通過「閱讀摘星積累」與「文言文練習」，不僅列舉考試中常見的文言文題型解題關鍵，還與教育局指定文言經典十二篇章建立關聯，幫助學生學會舉一反三，輕鬆提升文言文閱讀能力；寫作部分，特別標記適用於作文的金句，引入經典故事，結合最新 DSE 作文題型，啟發寫作思路與靈感，特別注重「審題」、「立意」與「取材」，讓學生在考場上運用自如，輕鬆脱穎而出。

目錄

一、德行篇

道德品行

壹《行炙人報恩》

顧榮在洛陽，嘗[1]應人請。覺行炙人[2]有欲炙之色[3]，因輟己施焉。同坐嗤[4]之。榮曰：「豈有終日執之，而不知其味者乎？」後遭亂過江[5]，每經危急，常有一人左右[6]己。問其所以[7]，乃受炙人也。

顧榮在洛陽時，曾經應人邀請赴宴。在宴會上，顧榮發現那個端送烤肉的僕人流露出想嚐嚐烤肉的神色，於是他就停下來，把自己那一份烤肉送給了他。同席的人都譏笑顧榮，顧榮說：「**哪有整天端着烤肉，卻不知道烤肉滋味的道理呢？**」後來遭遇永嘉戰亂，顧榮渡江避難，每逢遇到危急的時候，常常有一個人來幫助自己。顧榮問那個人這樣做的原因，原來他就是當年那個接受烤肉的僕人。

① 嘗：曾經。
② 行炙人：端送烤肉的僕人。炙：烤肉。
③ 色：神色、臉色。
④ 嗤：譏笑。
⑤ 遭亂過江：北方因五胡亂華，社會動亂，大批晉人渡過長江南下。
⑥ 左右：幫助、輔助。
⑦ 所以：……的原因。

宴會上，當顧榮看到端送烤肉的僕人眼中流露出對烤肉的渴望時，他沒有絲毫猶豫，將自己那份烤肉贈予僕人。這份小小的善意，如同播下的一顆種子，在歲月的土壤中生根發芽，最終結出了善報的果實。善惡往往就在一念之間，莫因惡小而肆意妄為，莫因善小而不屑為之。它如同一束光，照亮我們前行的道路，讓我們明白美德就在生活的點滴之中。**試以「勿以惡小而為之，勿以善小而不為」為題，寫作文章一篇。**（參考 2020 DSE 卷二 題一「嚴以律己，寬以待人」）

「勿以惡小而為之」：

- 在青春洋溢的中學時光裏，本應充滿溫暖與善意。然而，社交平台上，一句看似無心的調侃、一張惡意編輯的圖片，被當作玩笑隨意分享。大家以為不過是一些微不足道的「小玩笑」，卻未曾想到，這些話語和畫面如同一把把小刀，狠狠刺痛了受害者的心。
- 在校園的某個角落，或許正上演着欺凌的戲碼。一個高大的男同學圍着一位性格內向、弱小的同學，推推搡搡，甚至拳打腳踢。而周圍的同學選擇袖手旁觀，或只是舉起手機記錄下這一切。面對校園暴力，沉默不語也是一種惡行。我們的沉默與無視，會助長惡行的蔓延，給受害者造成巨大的創傷，甚至留下終生的陰影。

「勿以善小而不為」：

- 在社會，我們可能會遇到欺善怕惡的上司，當看到同事受到不公正待遇，我們可能會覺得事不關己，選擇沉默不語，但這無疑助長了不正之風。若我們能勇敢地站出來，發聲支援受欺負的同事，不僅能讓受害者獲支持，還可以為公司樹立正義、公平的典範。

- 生活中的善行同樣重要。自行攜帶餐具，減少一次性用品的使用，不僅環保，還能為地球的可持續發展盡一分力；參與義工服務，無論是去探訪獨居長者，還是幫助弱勢群體，都能讓我們體驗到助人的快樂，也能提升自我價值和社會責任感。

庾亮不賣「的盧馬」

庾公乘馬有的盧，或語令賣去，庾云：「賣之必有買者，即當害其主，寧可不安己而移於他人哉？昔孫叔敖殺兩頭蛇以為後人，古之美談。效之，不亦達乎？」

庾亮，東晉人，儀容美，有德望，喜歡讀《莊子》和《老子》，官至征西大將軍、荊州刺史。他的妹妹是晉明帝司馬紹的皇后。成帝初，他以帝舅身份與王導一同輔佐，是東晉王朝的功臣。

庾亮所乘的馬中有一匹「的盧馬」，據伯樂寫的《相馬經》，這種馬額頭到嘴角長着白斑，既是駿馬，也是凶馬。這種馬「奴乘客死，主乘棄市」，就是說地位低微的人騎牠，會客死他鄉；地位尊貴的人騎牠，會被判死刑。有人勸庾亮，叫他把這匹馬賣掉。庾亮說：「賣牠，必定有買牠的人，那就會害了牠的新主人，怎麼可以把對自己的禍害轉嫁給別人呢？春秋時代楚國的令尹孫叔敖，他小時候在路上看見一條兩頭蛇，回家哭着對母親說：『聽說看見兩頭蛇的人一定會死，我今天竟看見了。我怕後面的人再見到牠，就把牠打死埋掉了。』他殺死兩頭蛇，犧牲自我，為後人除害，成為千古美談。我要學習他，不也是通達事理嗎？」

「己所不欲，勿施於人」，庾亮遵循這一原則，設身處地、換位思考，他面對凶馬不逃避責任，不把自己的禍害轉嫁給別人。他這種為人着想、犧牲自我的精神值得讚賞。他學習古代賢人孫叔敖，勇於承擔，為後人樹立了榜樣。這種通達事理、心懷他人的品德，是我們在現代社會中應當學習和傳承的。

貳《企生之死》

桓南郡既[1]破殷荊州，收[2]殷將佐十許人，諮議羅企生亦在焉[3]。桓素[4]待企生厚，將有所戮[5]，先遣人語云：「若謝我，當釋罪。」企生答曰：「為殷荊州吏，今荊州奔亡，存亡未判，我何顏謝桓公？」既出市，桓又遣人問所欲言。答曰：「昔晉文王殺嵇康，而嵇紹為晉忠臣。從公乞一弟以養老母。」桓亦如言宥之。桓先曾以一羔裘與企生母胡，胡時在豫章，企生問[6]至，即日焚裘。

南郡公桓玄打敗了荊州刺史殷仲堪以後，逮捕了殷的將官僚屬十多人，諮議參軍羅企生也在其中。桓玄向來厚待企生，當他打算處死一些人的時候，也先派人私下對企生説：「你如果向我請罪，我一定開脱你的罪責。」企生回答説：「我是殷荊州的官吏，**現在他逃亡出去，生死未卜，我哪有甚麼顏面向桓公您謝罪呢？**」等到已經綁赴刑場的時候，桓玄又派人問他還有甚麼話要説的。企生回答：「從前晉文王殺了嵇康，但嵇康的兒子嵇紹卻做了晉室的忠臣。我想請求桓公留我一個弟弟來奉養老母親。」桓玄也按他的請求赦免了他弟弟。桓玄曾經送給企生的母親胡氏一件羔羊皮襖，胡氏當時在豫章郡，當企生被殺的凶訊一傳到，胡氏當天就燒掉那件羔羊皮襖。

① 既：已經、……以後。
② 收：收捕、逮捕。
③ 焉：代詞，指這裏、其中。
④ 素：原本、一直。
⑤ 戮：處死。
⑥ 問：消息，指凶訊。

閱讀摘星筆記

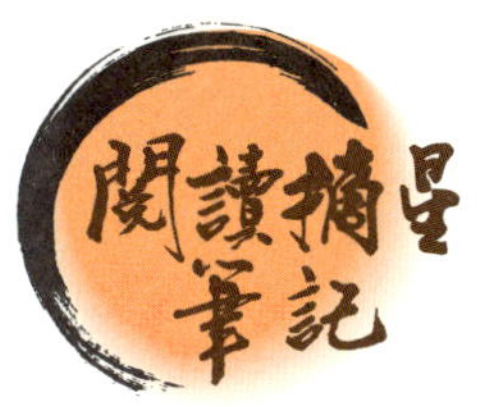

羅企生與孟子《魚我所欲也》

羅企生面臨着生死與忠義之抉擇關頭，他毅然選擇了對殷仲堪的忠誠，拒絕了桓玄的威逼利誘，體現了「捨生取義」的氣節。**羅企生的故事與《孟子．魚我所欲也》所倡「生亦我所欲，義亦我所欲；二者不可得兼，捨生而取義者也」的精神，實乃一脈相承。**二者都強調了在生命與道義、忠誠與利益之間的取捨中，當以道義為先、以忠誠為重，即使付出生命的代價也在所不辭。（參考指定文言經典——孟子《魚我所欲也》）

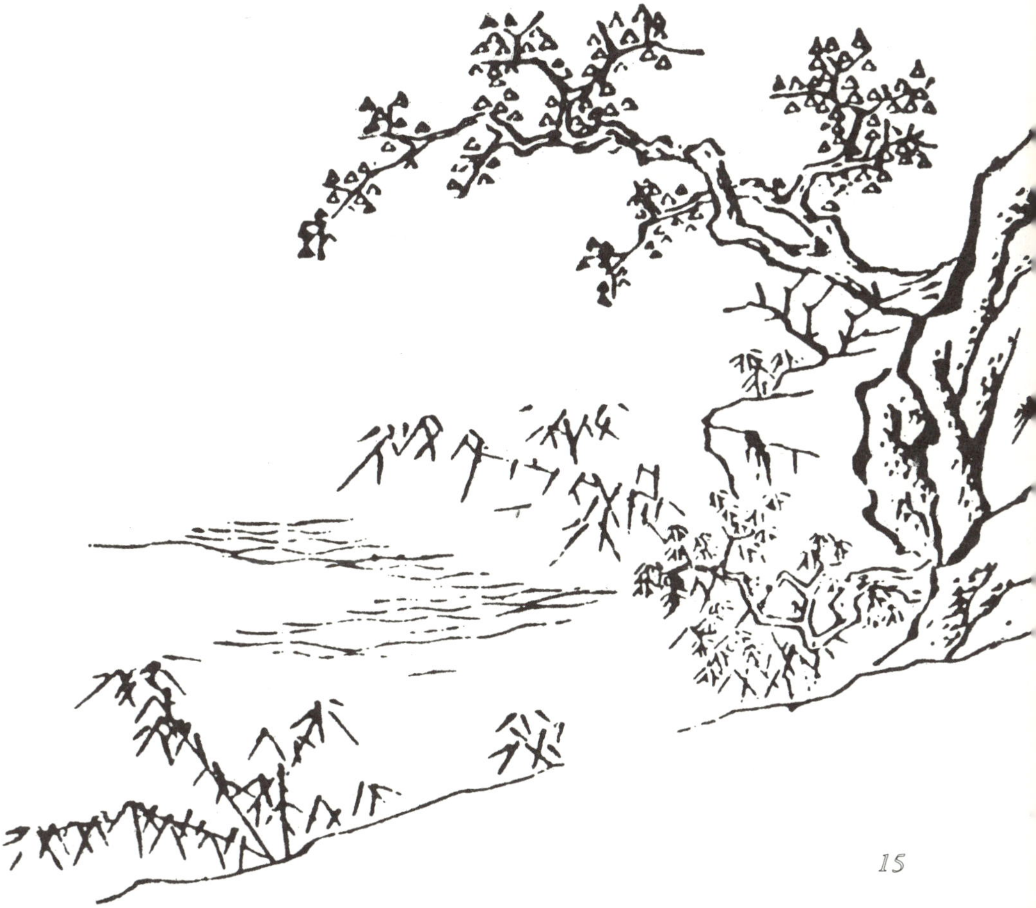

文言文練習(一)

管寧與華歆

管寧割席：管寧、華歆共園中鋤菜，見地有片金，管揮鋤與瓦石不異，華捉而擲去之。又嘗同席讀書，有乘軒冕過門者，寧讀如故，歆廢書出看。寧割席分坐曰：「子非吾友也。」	**管寧割席**：管寧和華歆一起在菜園中除草，看到地上有一片金子，管寧仍舊揮動鋤頭，把金子看得如同瓦礫石塊一樣，華歆卻拾起來又扔掉。他們又曾經同坐在一張座席上讀書，有乘坐華美車子的達官貴人經過門前，管寧依舊讀書，華歆卻丟下書本跑出去看。管寧就割開席子，與華歆分開坐，說：「你不是可以做我朋友的人！」
華歆同舟共濟：華歆、王朗俱乘船避難，有一人欲依附，歆輒難之。朗曰：「幸尚寬，何為不可？」後賊追至，王欲捨所攜人。歆曰：「本所以疑，正為此耳。既已納其自託，寧可以急相棄邪！」遂攜拯如初。世以此定華、王之優劣。	**華歆同舟共濟**：華歆和王朗一起乘船避難，有一個人想搭船跟從，華歆總是表示為難，有拒絕之意。王朗卻說：「幸好船還寬敞，為甚麼不可以呢？」後來賊人已經追上來了，王朗想丟下剛才那個搭船的人。華歆說：「我當初之所以猶豫，正是顧慮這一點啊（出現這種危急之下不能相顧的情況）。現在既然已經接受了他的請求，怎麼可以因為情況危急而拋棄他呢！」於是就繼續像開初那樣，攜帶救助這個人（繼續讓他留在船上）。世人就根據這件事情來判定華歆和王朗的優劣。

1. 指出以下句子中帶有橫線的字詞意思。(5 分)

   (1) 寧讀如故　《管寧割席》　故：__________

   (2) 歆廢書出看　《管寧割席》　廢：__________

   (3) 歆輒難之　《華歆同舟共濟》　輒：__________

   (4) 歆輒難之　《華歆同舟共濟》　難：__________

   (5) 遂攜拯如初　《華歆同舟共濟》　拯：__________

2. 根據文意，把以下的句子語譯為白話文。(3 分)

   管揮鋤與瓦石不異，華捉而擲去之。《管寧割席》

   ____

總分：　　/8

文言知識點積累（一）

文言文常見虛詞：

詞語	解釋	例子及譯文
而	用作代詞，通「爾」，相當於「你」、「你的」	「必欲烹而翁。」（《史記・項羽本紀》） 譯文：一定要烹煮（古代的酷刑之一）你的父親。
	用作連詞，相當於「和」、「而且」、「就」、「卻」、「因而」等。	「君子博學而日參省乎己。」（《荀子・勸學》） 譯文：君子廣泛地學習，而且每天多次檢查反省自己。
何	用作疑問，相當於「甚麼」、「為甚麼」、「怎麼」等。	「一旦山陵崩，長安君何以自托於趙？」（《戰國策・趙策》） 譯文：一旦您百年之後，長安君憑甚麼在趙國站住腳呢？
	用作副詞，相當於「多麼」。	「水何澹澹，山島竦峙。」（曹操《觀滄海》） 譯文：海水多麼寬闊浩蕩，山島高高地挺立在海邊。
乎	用作介詞，相當於「於」。	「生乎吾前。」（韓愈《師說》） 譯文：出生在我之前。
	用作語氣詞，相當於「嗎」、「呢」。	「為人謀而不忠乎？」（《論語・學而》） 譯文：替別人辦事是不是盡心竭力了呢？

二、言語篇
長於辭令

壹《司馬徽採桑》

南郡龐士元聞司馬德操在潁川，故①二千里候之。至，遇德操採桑，士元從車中謂曰：「吾聞丈夫處世，當帶金佩紫②，焉有屈洪流之量③，而執絲婦之事④？」德操曰：「子且下車。子適知邪徑⑤之速，不慮失道之迷。昔伯成耦耕⑥，不慕諸侯之榮；原憲桑樞⑦，不易有官之宅。何有坐則華屋，行則肥馬，侍女數十，然後為奇？此乃許、父⑧所以忼慨⑨，夷、齊所以長嘆。雖有竊秦之爵，千駟之富，不足貴也。」士元曰：「僕生出邊垂⑩，寡見大義。若不一叩洪鐘、伐雷鼓，則不識其音響也。」

南郡龐統，聽說司馬徽在潁川，特地從二千里之外去拜訪他。到後，正遇見司馬徽在採桑，龐統從車上對他說：「我聽說大丈夫立身處世，應當成為帶金印、佩紫綬的大官，怎能壓抑宏大的志向，而去做織婦所做的事的？」司馬徽說：「您先下車。**您剛才只知道抄小路，可以走得快些，而不考慮迷路的危險。**從前伯成寧願從事農耕，也不貪慕諸侯的榮耀；原憲寧願住在簡陋的房子裏，也不願去做官換取官宅。誰說一定要住在華麗宮室，出行要肥馬輕車，身邊要幾十個侍女侍候，這樣才算與眾不同的？這正是隱士許由、巢父之所以慷慨激昂地辭讓天下，伯夷、叔齊之所以長嘆而恥食周粟的原因。即使像呂不韋那樣用狡詐的手段竊取了秦國的爵位，家有千輛車子的財富，也沒有甚麼值得看重的啊。」龐統說：「我生長在邊遠之地，很少聽到真正的道理。今天如果不是敲響大鐘，扣擊雷鼓，就不能識得它們宏大深沉的音響了！」

① **故：故意、特意。**
② **帶金佩紫：秦漢時期相國、列侯可佩戴金印和紫綬，後指高官顯爵。**
③ **洪流之量：比喻大才大德。**
④ **執絲婦之事：做織婦的工作，如養蠶。**
⑤ **邪徑：偏僻小路。**
⑥ **耦耕：古代耕作方式，兩人各執一耜，並肩而耕，泛指務農。**
⑦ **桑樞：桑木製的門戶轉軸，形容居室簡陋。**
⑧ **許、父：指許由、巢父，二人都是帝堯時隱士。**
⑨ **忼慨：同「慷慨」，激昂。**
⑩ **邊垂：邊遠之地。**

龐統認為「丈夫處世，當帶金佩紫」，男子漢大丈夫活在世上，應當佩戴金印紫綬，不應從事採桑這類婦人之事，體現出他追求功名利祿、專精仕途，以獲得高官厚祿為人生目標的觀念。司馬徽以伯成子高耦耕、原憲安貧樂道為例，認為不一定要身居華屋、出行肥馬、侍女環繞才是與眾不同的，可見他認為人生的價值並非只有仕途成功，還可以有其他選擇。有人認為：「與其一生專精一事，不如發展多元人生。」你同意嗎？試撰文一篇，論述你的看法。（參考 2022 DSE 卷二 題三）

扣連現今社會發展

在現今人工智能技術迅速發展的社會中，發展多元人生才能提升我們的適應力與靈活性，更能啟發我們進行跨領域創新，甚至促使我們養成終身學習的習慣，從而在新社會中脫穎而出。

- 擁有多元技能的人能更靈活地應對不確定性和挑戰，保持競爭力。例如，面對傳統媒體行業的挑戰，許多記者學習攝影、視頻剪輯和社交媒體營銷，成為多媒體內容創作者。他們能夠製作更具吸引力的內容，並在新媒體平台上擴展影響力。
- 多元經驗能促進跨領域的創新。當不同領域的知識交匯時，往往能激發出新的創意。例如，香港中文大學醫學院與工程學院合作推出人工智能輔助診斷系統，透過由醫生、工程師和數據科學家組成的跨領域團隊，開發了能快速識別疾病的人工智能系統。
- 多元發展能養成終身學習的習慣。在人工智能技術不斷更新的時代，終身學習使我們在瞬息萬變的科技環境中保持領先地位。蘋果公司現任首席執行官庫克也強調適應和學習新技術的重要性，正因他在職業生涯中不斷學習新技能，以適應快速變化的科技環境，才能帶領蘋果公司保持創新，走在業界之首。

「謝靈運之畏影者」

謝靈運好戴曲柄笠，孔隱士謂曰：「卿欲希心高遠，何不能遺曲蓋之貌？」謝答曰：「將不畏影者未能忘懷！」

謝靈運，出身於南朝名門世家。他的祖父謝玄是東晉赫赫有名的將領，在淝水之戰以少勝多，大敗前秦苻堅。謝安是他的曾叔祖。他的母親是王羲之的外孫女。在那個以「九品中正制」選賢舉能的東晉王朝，門第的高低尤為重要。 正所謂「上品無寒門，下品無世族」。劉禹錫《烏衣巷》中的「舊時王謝堂前燕，飛入尋常百姓家。」詩中的「王」即書法家王羲之的家族——琅琊王氏，而「謝」，即是陳郡謝氏，謝安、謝玄、謝靈運的家族。

謝靈運擅長山水詩賦，為山水詩派創始人。他曾說道：「天下才共一石，曹子建獨得八斗，我得一斗，自古及今共用一斗。」可見他對曹植的景仰與推崇，同時亦毫不謙遜地肯定自己的文學成就。

謝靈運喜歡戴曲柄笠，隱士孔淳之對他說：「你嚮往遠離塵世，怎麼還捨不得丟棄達官貴人們用的曲柄傘呢？」謝靈運回答：「恐怕是怕影子的人最不能忘記影子吧！」意思是你看到我的曲柄笠，想起達官貴人們用的曲柄傘，正說明你心中忘不掉富貴權勢，而我的心中沒有他們的影子作祟。

這就是成語「才高八斗」的出處。

《莊子・漁父》中說有個愚人，懼怕自己的影子和足跡，為了擺脫自己的影子和足跡，他拼命奔跑，結果腳步越多足跡越多，跑得越快，影子更是不離身。最終愚人力竭而死。謝靈運的回答很巧妙，他認為只要心不存雜念，就不必怕甚麼影子，反譏孔淳之心中仍擺脫不了達官貴人的痕跡，他就是莊子所說的那個害怕影子的人。這就像佛印禪師與蘇東坡的對話，一個以佛心看人、看萬物，一切都是佛的莊嚴；一個以牛糞心觀人、觀萬物，修行的境界高低立見。

貳《東晉山河之異》及《樹猶如此》

東晉山河之異：

過江諸人[①]，每至美日，輒相邀新亭，籍卉[②]飲宴。周侯中坐而嘆曰：「風景不殊，正[③]自有山河之異！」皆相視流淚。唯王丞相愀然[④]變色，曰：「當共戮力[⑤]王室，克復神州[⑥]，何至作楚囚[⑦]相對！」

樹猶如此：

桓公北征，經金城，見前為琅邪時種柳，皆已十圍，慨然曰：「木猶[⑧]如此，人何以堪[⑨]！」攀枝執條，泫然流淚。

東晉山河之異：

從中原南渡長江到建康（今南京）來的士大夫們，每逢風和日麗的日子，常常相邀到江邊的新亭，在草地上飲酒作樂。周顗在宴會中坐着哀歎說：「眼前的風景與洛陽無異，唯獨是山河已經不是洛陽那山河了！」眾人聽了，都相對落淚。只有丞相王導臉容嚴肅地說：「大家應當齊心合力，效忠朝廷，恢復中原，怎麼能像楚囚那樣相對哭泣呢！」

樹猶如此：

桓温在北伐期間經過金城，看見自己以前任琅琊內史時所種的柳樹，都已經長得有十圍那麼粗大了。他感慨地說：「**樹木尚且如此，人怎麼經受得了歲月的流逝呢！**」然後他攀折枝條，情不自禁地落下淚來。

① 過江諸人：指自中原渡江在東晉朝廷任職的士大夫們。
② 籍卉：坐在草地上。藉：墊，引申為坐卧其上。卉：草的總名。
③ 正：僅僅。
④ 愀然：面容嚴肅。
⑤ 戮力：合力。
⑥ 神州：指中國，這裏特指中原地區。
⑦ 楚囚：為晉國所俘的楚國伶人，後用以比喻處境窘迫的人。
⑧ 猶：尚且。
⑨ 堪：承受。

周顗與辛棄疾《青玉案・元夕》

西晉滅亡後，司馬睿南渡至建康（今南京），建立東晉政權；北宋滅亡後，趙構南渡至臨安（今杭州），建立南宋政權。**上文中周顗嘆「風景不殊，正自有山河之異」，流露出對故土的思念與對時局的無奈。**而辛棄疾的《青玉案》則通過節日的熱鬧與個人內心孤寂的對比，表達了對國家的憂慮。（參考指定文言經典——辛棄疾《青玉案・元夕》）

文言文練習(二)

小時了了

孔文舉年十歲，隨父到洛。時李元禮有盛名，為司隸校尉。詣門者，皆俊才清稱及中表親戚乃通。文舉至門，謂吏曰：「我是李府君親。」既通，前坐。元禮問曰：「君與僕有何親？」對曰：「昔先君仲尼與君先人伯陽，有師資之尊，是僕與君奕世為通好也。」元禮及賓客莫不奇之。太中大夫陳韙後至，人以其語語之，韙曰：「小時了了，大未必佳。」文舉曰：「想君小時，必當了了！」韙大踧踖。

孔融十歲時，跟着父親到了洛陽。當時李膺名氣很大，任司隸校尉。登門拜訪的是才子、名流和他的內外親屬，才可以通報進門。孔融到了李府門前，對看門人說：「我是李府君的親戚。」通報以後，孔融進去坐了下來。李膺問：「您和我有甚麼親戚關係呢？」孔融回答說：「古時候我的祖先孔子拜您的祖先老子為師，所以我和您是世代交好的關係啊。」李膺和在場的賓客對孔融的回答，沒有不感到驚奇的。太中大夫陳韙後到，別人把孔融剛才的話告訴了他。陳韙說：「小時候聰明伶俐的人，長大以後未必會出色。」孔融說：「推想您小時候，一定是聰明伶俐的了！」陳韙非常侷促不安。

1. 指出以下句子中帶有橫線的字詞意思。(5 分)

(1) 既通，前坐　　通：＿＿＿＿＿＿

(2) 君與僕有何親　　僕：＿＿＿＿＿＿

(3) 是僕與君奕世為通好也　　奕：＿＿＿＿＿＿

(4) 元禮及賓客莫不奇之　　奇：＿＿＿＿＿＿

(5) 小時了了　　了：＿＿＿＿＿＿

2. 根據文意，把以下的句子語譯為白話文。(3 分)

詣門者，皆俊才清稱及中表親戚乃通。

＿＿＿＿＿＿＿＿＿＿＿＿＿＿＿＿＿＿＿＿

＿＿＿＿＿＿＿＿＿＿＿＿＿＿＿＿＿＿＿＿

總分：　　/8

文言知識點積累（二）

文言文常見虛詞：

詞語	解釋	例子及譯文
為	用作介詞，相當於「被」、「給」、「為了」	「不為酒困。」（《論語．子罕》） 譯文：不被酒所困擾。
	用作連詞，相當於「如果」、「則」	「秦為知之，必不救也。」（《戰國策．秦策》） 譯文：秦國如果知道了，一定是不會去救的。
其	用作代詞，相當於「他（她、它）的」、「這」、「那」等。	「郯子之徒，其賢不及孔子。」（韓愈《師説》） 譯文：郯子這些人，他們的賢能都比不上孔子。
	用作副詞，相當於「大概」、「難道」。	「其真無馬邪？其真不知馬也。」（韓愈《馬説》） 譯文：難道真的沒有千里馬嗎？大概是真的不認識千里馬吧！
者	用作代詞，指人或事物。	「請君擇於斯二者。」（《孟子．梁惠王下》） 譯文：請您在這二者（兩條道路）中選擇其一。

《蒲柳之姿》

顧悅與簡文同年，而髮蚤[①]白。簡文曰：「卿何以先白？」對曰：「蒲柳[②]之姿，望[③]秋而落；松柏之質，經霜彌[④]茂。」

顧悅與簡文帝司馬昱同歲，但顧悅的頭髮早已白了。簡文帝說：「你的頭髮為甚麼比我的先白呢？」顧悅回答說：「**蒲柳那樣的資質，臨近秋天就會落葉了；而松柏那樣的質地，經歷過秋霜反而更加茂盛。**」

① **蚤：通「早」**
② **蒲柳：植物名，即水楊，因秋天早凋常用來比喻早衰。**
③ **望：臨近。**
④ **彌：越、更加。**

顧悅以蒲柳自喻，表達早衰之哀，又以松柏比君，彰顯堅韌之志。在文學中，這種借自然之物寄託人文之情，使文學作品蘊含了豐富的象徵意義和深刻的人生哲理，如《愛蓮說》借物喻人，通過菊花、蓮花和牡丹花的不同特質，論述人的不同取向與價值觀。我們也可以賦予文章深刻的象徵意義，令文章更具文采。有時候，我們一直以為是自己不適應，最後才發現原來是自己不適合。**試以「改變跑道」為題，寫作文章一篇。**（參考 2024 DSE 卷二 題三）

扣連現今社會發展

【象徵】善用植物的象徵符號，承載主人公的情感、經歷和感悟：

- **情感**：學校操場旁的一棵老槐樹象徵着陪伴者與見證者。它見證了主人公在排球訓練中的點點滴滴，從滿懷希望到挫敗迷茫，再到最終的醒悟。
- **經歷**：老槐樹從枝繁葉茂到被砍伐，最後只剩下樹樁，象徵着生命中不可抗拒的力量；主人公從最初的熱愛與堅持，到後來的挫敗與醒悟，這排球路上的成長過程與老槐樹的變化相呼應。
- **感悟**：通過老槐樹的命運，領悟到人生中的某些事情是無法通過努力改變的，成功需要找到適合自己的領域，以及勇於面對失敗、勇於接受事實，勇於改變跑道。

學以致用

「愛才的伯樂謝尚」

袁虎少貧，嘗為人傭載運租。謝鎮西經船行，其夜清風朗月，聞江渚閒估客船上有詠詩聲，甚有情致；所誦五言，又其所未嘗聞，嘆美不能已。即遣委曲訊問，乃是袁自詠其所作《詠史詩》。因此相要，大相賞得。

袁宏年輕時，家境貧窮，曾經被人僱用載運租谷。鎮西將軍謝尚鎮守牛渚，秋夜乘着船出遊。那天晚風習習，明月皎潔，謝尚聽到江上小洲之間的商販船上，有吟詠詩歌的聲音，韻味悠長；所吟誦的五言詩，又是他從來沒有聽過的，他讚嘆不絕。經詢問才得知，原來是袁宏正在吟詠自己所作的《詠史》詩。謝尚於是邀請袁宏上船相見，一番交談後，謝尚對他的才華十分賞識，並邀請袁宏參議軍事，從此，袁宏踏上了仕途。

後來，桓溫領兵北伐，袁宏也跟着一起出征，因事被桓溫責罰，罷了他的官。當時正好需要寫一份報捷的文告，桓溫命令袁宏依靠在馬前草擬一篇告示。袁宏手不停筆，一會兒就寫了七張紙，而且文情並茂。東亭侯王珣在旁邊，極力讚嘆他文思敏捷，寫作迅速。

這就是成語「倚馬可待」的由來。

李白的《夜泊牛渚懷古》：「牛渚西江夜，青天無片雲。登舟望秋月，空憶謝將軍。余亦能高詠，斯人不可聞。明朝掛帆席，楓葉落紛紛。」一樣的牛渚江上，一樣的秋風明月，一樣的才華橫溢，仕途失意的大詩人李白想起了謝尚謝將軍。袁宏有幸被謝尚所識拔，從此踏入仕途；而**自己雖有曠世才華，卻沒有人能夠賞識**，所以只能在此空憶謝將軍。詩人最後以景作結：漫天的楓葉紛紛飄落，正是人生匆匆的嘆息。

肆《未若柳絮因風起》

謝太傅寒雪日內集①，與兒女講論文義。俄而②雪驟③，公欣然④曰：「白雪紛紛何所似？」兄子胡兒曰：「撒鹽空中差⑤可擬。」兄女曰：「未若柳絮因風起。」公大笑樂。即公大兄無奕女，左將軍王凝之妻也。

一個寒冷的下雪天，太傅謝安一家人聚會，他與兒女們談論有關詩文的義理。不一會雪下得非常大，謝安高興地説：「**白雪紛飛像甚麼呢？**」侄子胡兒（謝朗）説：「在空中撒鹽粒，大略可以比擬。」侄女道韞説：「**不如説柳絮隨風飄舞。**」謝安大笑，非常高興。這位姪女就是謝安大哥謝無奕的女兒，左將軍王凝之的妻子，謝道韞。

① **內集：家庭內部的聚會。**
② **俄而：不久、過了一會兒。**
③ **驟：急速、突然。**
④ **欣然：高興的樣子。**
⑤ **差：略微、差不多**

謝道韞與李清照《聲聲慢．秋情》

謝道韞與李清照二人皆是才情出眾，然而她們的命運卻坎坷波折。謝道韞出身名門，卻婚姻不幸，晚年遭逢巨變，家破人亡；李清照雖然早年婚姻美滿，但歷經戰亂，家破人亡，再嫁又遇人不淑，晚年孤苦無依。兩位才女的命運都充滿了坎坷和波折，令人扼腕嘆息。（參考指定文言經典——李清照《聲聲慢・秋情》）

文言文練習（三）

陶侃善用木屑

陶公性檢厲，勤於事。作荊州時，敕船官悉錄鋸木屑，不限多少。咸不解此意。後正會，值積雪始晴，聽事前除雪後猶濕，於是悉用木屑覆之，都無所妨。官用竹，皆令錄厚頭，積之如山。後桓宣武伐蜀，裝船，悉以作釘。又云：嘗發所在竹篙，有一官長連根取之，仍當足。乃超兩階用之。

陶侃性情儉樸嚴厲，做事勤快認真。他任荊州刺史時，命令建造船隻的官員把鋸木屑全部收集起來，不管多少都要。大家都不明白他的用意。後來正月初一集會，恰好遇到久雪初晴，廳堂前除雪後還是濕的。於是都用木屑覆蓋在地上，人們出入就沒有任何妨礙。官府用的竹子，陶侃總是命令官員把鋸下來多餘的竹頭收集起來，堆積如山。後來桓溫進攻蜀中，裝配戰船時，都用這些竹頭作竹釘來用。又傳說，陶侃曾徵用當地的竹篙，有一位官員把竹子連根拔起來，把竹根當成竹篙的鐵足，陶侃就提拔他連升兩級，任用此人。

1. 指出以下句子中帶有橫線的字詞意思。（5 分）

   (1) 咸不解此意　　咸：＿＿＿＿＿＿

   (2) 值積雪始晴　　值：＿＿＿＿＿＿

   (3) 都無所妨　　妨：＿＿＿＿＿＿

   (4) 嘗發所在竹篙　　嘗：＿＿＿＿＿＿

   (5) 乃超兩階用之　　乃：＿＿＿＿＿＿

2. 根據文意，把以下的句子語譯為白話文。（3 分）

   後桓宣武伐蜀，裝船，悉以作釘。

   ＿＿＿＿＿＿＿＿＿＿＿＿＿＿＿＿＿＿＿＿

   ＿＿＿＿＿＿＿＿＿＿＿＿＿＿＿＿＿＿＿＿

總分：　　/8

文言知識點積累（三）

文言文常見虛詞：

詞語	解釋	例子及譯文
之	用作動詞，相當於「往」、「去」；用作代詞及助詞，相當於「這」、「他／她」、「的」。	「曾子之妻之市，其子隨之而泣。」（韓非子《曾子殺豬》） 譯文：曾子的妻子到集市上去，她的兒子跟隨着她邊走邊哭。
以	用作介詞，相當於「用」、「憑借」、「按照」等。	「臣以神遇而不以目視。」（莊子《庖丁解牛》） 譯文：我只用心神去接觸而不必用眼睛去觀察。
	用作連詞，相當於「因為」、「而」、「然而」。	「而吾以捕蛇獨存。」（柳宗元《捕蛇者說》） 譯文：可是我卻由於捕蛇這個差事才活了下來。 「堯無百戶之郭，舜無置錐之地，以有天下。」（《淮南子·氾論》） 譯文：堯帝沒有統治過百戶人家的城邑，舜帝沒有立錐之地，然而他們卻擁有了天下。
若	用作代詞，相當於「你」、「你們」、「這」、「這樣」	「若入前為壽，壽畢，請以劍舞。」（司馬遷《史記·項羽本紀》） 譯文：你進去上前去祝壽，祝賀完畢之後，請求舞劍。
	用作連詞，相當於「如果」、「假如」	「若能以吳、越之眾與中國抗衡，不如早與之絕。」（司馬光《赤壁之戰》） 譯文：如果能憑藉吳越（江東）的兵力，可與中原的曹軍抗衡，不如早與他們斷絕交往（決戰）。

四《明鏡與清流》

孝武將講《孝經》，謝公兄弟與諸人私庭講習。車武子難苦問謝，謂袁羊曰：「不問則德音①有遺②，多問則重勞③二謝。」袁曰：「必無此嫌④。」車曰：「何以知爾⑤？」袁曰：「何嘗見明鏡疲於屢照，清流憚於惠風？」

孝武帝將要講解《孝經》，謝安、謝石兄弟和眾人預先在家講論研習。車胤有一些疑難問題想向謝氏兄弟請教。他對袁喬說：「如果不提問，就怕會遺漏他們一些高明的見解；但問多了，又怕太勞煩二謝。」袁喬回答說：「你一定不要有這種顧慮，盡管問。」車胤說：「你怎麼知道他們不會嫌麻煩呢？」袁喬則說：**「你何曾見過明亮的鏡子因被人多照而感到疲勞，清澈的流水因和風的吹拂而厭煩呢？」**

① **德音：善言，尊稱別人的言辭，這裏指對《孝經》義理的闡述。**
② **遺：遺漏、缺失。**
③ **重勞：增多煩勞。**
④ **嫌：疑慮。**
⑤ **爾：如此。**

韓愈在《師說》中強調「不恥相師」和「不恥下問」的態度。這是一種謙遜和開放的學習態度，鼓勵人們打破身份和地位的界限，廣泛求學，不斷進取。**在你認識的人當中，描述一位具備「不恥相師」精神的人物，並展現他如何最能體現『嚴以律己，寬以待人』的美德。**（參考 2020 DSE 卷二 題一）

- 記述一位鄉村教師張老師，三十年如一日堅守偏遠山區學校。雖身處資源匱乏之地，他卻不甘落後，每年暑假自費前往城市名校「拜師學藝」，學習先進教學方法，回鄉後無私分享給同事，體現「不恥相師」的執着。張老師對自己的教學標準極高，課堂講解一絲不苟；面對學生的學習困難，他卻有無限耐心，從不放棄任何一個孩子。其中一名學生在張老師「嚴以律己，寬以待人」的感染下，最終考入重點大學，回鄉後也成為一名教師，傳承這種精神。
- 記述一位社區義工王奶奶，年過七旬仍活躍於社區服務。她雖年事已高，卻虛心向年輕志願者學習新的服務技能和理念，展現「不恥相師」的開放心態。王奶奶對自己要求極為嚴格，每次活動前都精心準備；對其他志願者的失誤，她總是寬容以對，耐心指導，不僅沒有責備，反而在眾人面前分享自己初做義工時犯過的更嚴重錯誤，化解了尷尬局面。

學以致用

「謝安教導有方」

謝虎子嘗上屋熏鼠。胡兒既無由知父為此事，聞人道痴人有作此者，戲笑之，時道此非復一過。太傅既了己之不知，因其言次，語胡兒曰：「世人以此謗中郎，亦言我共作此。」胡兒懊熱，一月日閉齋不出。太傅虛托引己之過，以相開悟，可謂德教。

謝遏年少時，好著紫羅香囊，垂覆手。太傅患之，而不欲傷其意。乃譎與賭，得即燒之。

謝據曾經爬到屋頂去熏老鼠。謝據的兒子謝朗從來不知道父親做過這件事。後來，他聽別人説只有愚蠢的人才會做這種事，也跟着一起嘲笑這種人。他經常提起這件事，還不止一次。謝安瞭解到侄子謝朗並不知道他父親做過這種事，便在交談時，告訴謝朗説：「世俗之人總是拿這件事情來毀謗你父親，還説我也這樣做過。」謝朗聽了，明白自己嘲笑的是自己的父親，後悔不已，把自己關在書房裏一個月都不出門。謝安假稱自己也曾犯過這樣的錯來教導侄子，使他醒悟過來，這可以稱得上是品德教育。

謝玄年輕時，喜歡佩戴紫羅香囊，還掛着手巾。謝安對這件事感到憂慮，但又不想直接説教，免得傷了侄子謝玄的心。於是，他就假裝跟謝玄打賭，以紫羅香囊為賭注。一旦贏了，謝安就馬上把香囊拿來燒掉。後來，謝玄明白了叔父的用心良苦，從此就改了這個習慣。

謝安四十歲前一直隱居東山，他以身作則，善於引導，用心教育子侄。在家庭聚會時，他會與子侄們討論詩文，才會有謝道韞的名句「未若柳絮因風起」。

在孩子的個人成長上，謝朗雖是無心之過，但謝安沒有當面斥責，而是婉言開導，使他真心悔改。謝玄是謝家重點栽培的人，謝安從小就以《詩經》引導他立志，要有遠大的抱負。燒香囊一事，謝安也是用婉轉的方法引導他。謝玄長大後亦不負所望，成為一代名將。

三、政事篇
國家政治

《殷仲堪行仁政》

殷仲堪當[①]之荊州，王東亭問曰：「德以居[②]全[③]為稱，仁以不害物為名。方今宰牧[④]華夏，處殺戮之職，與本操將不乖[⑤]乎？」殷答曰：「皋陶造刑辟之制，不為不賢；孔丘居司寇之任，未為不仁。」

譯文

殷仲堪即將赴任荊州刺史。王珣問他：「德行完備稱為德，不害萬物稱為仁。現在您治理華夏，擔任執掌誅殺大權的職位，這與您素來的操守不是違背的嗎？」殷仲堪回答說：「**從前帝舜時皋陶制定刑獄的制度，不能說他不賢；孔子身居司寇的職位，也不能說他不仁。**」

① 當：將要。
② 居：掌握、據守。
③ 全：完整。
④ 宰牧：管理、治理。
⑤ 乖：違背、不協調。

閱讀摘星筆記

殷仲堪與《論語》「仁」

殷仲堪的回答堪稱精妙。他以皋陶制定刑獄制度和孔子擔任司寇為例，有力地反駁了王珣的質疑。皋陶作為帝舜時的賢臣，制定刑獄制度是為了社會秩序，為了人們的權益，這何嘗不是一種仁政？孔子擔任司寇時，秉持公正，以仁愛之心執法，可見「仁」並非一成不變。《論語》強調仁者安貧樂道，時刻堅持實踐仁德，不因求生而害仁，反能殺生以成仁，「克己復禮」則為求仁之道。儘管兩者表現形式不同，但**都反映了中國古代文化中對於仁愛和道德品質的重視。**（參考指定文言經典——《論語》）

文言文練習（四）

王羲之與支道林

王逸少作會稽，初至，支道林在焉。孫興公謂王曰：「支道林拔新領異，胸懷所及，乃自佳，卿欲見不？」王本自有一往雋氣，殊自輕之。後孫與支共載往王許，王都領域，不與交言。須臾支退。後正值王當行，車已在門，支語王曰：「君未可去，貧道與君小語。」因論《莊子・逍遙遊》。支作數千言，才藻新奇，花爛映發。王遂披襟解帶，留連不能已。

王羲之任會稽內史，剛到任時，支道林正在那裏。孫綽對王羲之説：「支道林見解標新立異，他思考的問題實在很好，您想不想見見他？」王羲之本來就有超凡脱俗的氣質，很輕視支道林。後來，孫綽與支道林一起坐車到王羲之處，王羲之總是設定界限（刻意保持距離），不與支道林交談。不一會兒支道林就告退了。後來正當王羲之要外出，車子已備好在門口等着，支道林對王羲之説：「您先別走，我要與您説一小會兒話。」就開始談論起《莊子・逍遙遊》。支道林説了洋洋數千言，才氣、辭藻都新鮮奇妙，就像繁花競放，交映生輝。王羲之最終脱下外衣不再出門，戀戀不捨，不想離去。

1. 指出以下句子中帶有橫線的字詞意思。（5 分）

(1) 支道林拔新領異　　拔：__________

(2) 殊自輕之　　輕：__________

(3) 後孫與支共載往王許　　載：__________

(4) 披襟解帶　　披：__________

(5) 留連不能已　　已：__________

2. 根據文意，把以下的句子語譯為白話文。（3 分）

王都領域，不與交言。須臾支退。

____

____

總分：　　/8

文言知識點積累（四）

文言文常見虛詞：

<table>
<tr><th>詞語</th><th>解釋</th><th>例子及譯文</th></tr>
<tr><td rowspan="2">焉</td><td>用作代詞，相當於「此」、「哪裏」、「怎麼」。</td><td>「天下之父歸之，其子焉往。」（《孟子・離婁上》）
譯文：如果全天下的父親都歸順了，那麼他們的兒子還能到哪裏去呢？</td></tr>
<tr><td>用作介詞，相當於「於」、「於此」；
用於句中，表示停頓；
用於句末，表示陳述或疑問語氣。</td><td>「積土成山，風雨興焉。」（荀子《勸學》）
譯文：堆積土石成了高山，風雨就會從這裏興起。
「至丹以荊卿為計，始速禍焉。」（蘇洵《六國論》）
譯文：等到後來燕太子丹用派遣荊軻刺殺秦王的計策，這才招致了（滅亡的）禍患。</td></tr>
<tr><td rowspan="2">乃</td><td>用作代詞，相當於「你的」、「你們的」、「這樣」等。</td><td>「家祭無忘告乃翁。」（陸游《示兒》）
譯文：你們舉行家祭時不要忘了告訴你們的父親！</td></tr>
<tr><td>用作副詞及連詞，相當於「就是」、「竟然」、「才」、「於是」、「至於」。</td><td>「乃不知有漢，無論魏晉」（陶淵明《桃花源記》）
譯文：他們竟然不知道有漢朝，更不必説魏晉了。
「乃重修岳陽樓，增其舊制」（范仲淹《岳陽樓記》）
譯文：於是重新修建岳陽樓，擴展它原有的規模。</td></tr>
<tr><td rowspan="2">且</td><td>用作連詞，相當於「並且」、「況且」、「又」、「還」</td><td>「且壯士不死即已，死即舉大名耳，王侯將相寧有種乎！」（司馬遷《史記・陳涉世家》）
譯文：況且大丈夫不死也就罷了，要死，就要成就大名聲！王侯將相難道有天生的貴種嗎？</td></tr>
<tr><td>用作副詞，相當於「將要」、「姑且」、「幾近」、「但」</td><td>「北山愚公者，年且九十。」（《列子・愚公移山》）
譯文：北山下面有個名叫愚公的人，年紀快將九十歲了。</td></tr>
</table>

壹《鄭玄家奴婢皆讀書》

鄭玄家奴婢皆讀書。嘗使一婢，不稱旨①，將撻②之。方自陳說③，玄怒，使人曳箸泥中。須臾④，復有一婢來，問曰：「胡為乎泥中？」答曰：「薄言往愬，逢彼之怒⑤。」

鄭玄家裏的奴婢都讀書。有一次，鄭玄差使一個婢女做事，婢女做得不合乎他的心意，鄭玄將要鞭打她。婢女正在解釋原因，鄭玄大怒，派人把她拽到污泥中去。不一會兒，又有一個婢女過來，問道：「你為何在污泥中？」她回答說：「**薄言往愬，逢彼之怒（我想要辯解，正逢他在發怒）。**」

① 稱旨：符合意圖、想法。
② 撻：鞭打。
③ 陳說：陳述、解釋（道理、原因）。
④ 須臾：片刻、一會兒。
⑤ 薄言往愬，逢彼之怒：有話去申訴，正逢他發怒，此原為《邶風》之詩。愬，同「訴」。

鄭玄家奴婢皆讀書，受《詩經》熏陶，故能於困境中引經據典，展現智慧，可見讀書對精神文化的重要性。正如俗語説「萬般皆下品，唯有讀書高」，但也有人説「新科技浪潮，讀書無用」。**試寫作文章一篇，談談你對兩者的看法。**（參考 2019 年 DSE 卷二 題三）

萬般皆下品，唯有讀書高：

- 可從多角度闡述讀書的價值與意義，如拓展知識視野、培養批判思維、促進個人成長等，但關鍵在於如何讀以及讀甚麼。讀書是獲取知識的重要途徑，通過系統性學習，人們能夠掌握專業技能，為職業發展奠定基礎。如《禮記．學記》所言：「玉不琢，不成器；人不學，不知道。」

新科技浪潮，讀書無用：

- 科技的力量不容小覷，它改變了我們的生活方式，帶來了前所未有的便捷與高效。互聯網的普及讓我們能夠瞬間獲取海量的信息，各種智能設備讓生活變得更加舒適與智能。但若因此而否定讀書的價值，無疑是短視之見。
- 真正有價值的讀書絕非無用，亦是科技無法取代的，如培養思辨能力的閱讀，使人能夠分析問題、獨立思考，正如蘇格拉底透過對話引導學生思考，而非單純傳授知識；又如啟發創新的學習，愛因斯坦、喬布斯等創新者皆從廣泛閱讀中汲取靈感，將不同領域知識融會貫通，創造出改變世界的成果；再如陶冶品格的經典研讀，《論語》、《聖經》等經典著作蘊含處世智慧，引導人向善向上。
- 這兩種觀點看似矛盾，實則相互補充。科技為我們提供了更多的學習資源和工具，但讀書始終是獲取知識、提升素養的核心途徑。我們應正確看待兩者的關係，讓科技與讀書相得益彰。

學以致用

「支道林妙解逍遙遊」

《莊子·逍遙篇》舊是難處，諸名賢所可鑽味，而不能拔理於郭、向之外。支道林在白馬寺中，將馮太常共語，因及《逍遙》。支卓然標新理於二家之表，立異義於眾賢之外，皆是諸名賢尋味之所不得。後遂用支理。

《莊子》一書是戰國時莊周所撰。竹林七賢之一的向秀曾經替《莊子》作注，可惜還有《秋水》、《至樂》兩篇的注釋尚未完成就去世了。當時有個人叫郭象，才智過人，但品格欠佳，為人輕薄。他看到向秀的著作未傳於世，就心生邪念，剽竊據為己有，並加入《秋水》、《至樂》兩篇的注釋。正因如此，現在流傳於世的向、郭二人所編的《莊子》注本，義理都是大同小異的。

魏晉時期，政治黑暗，因此名士把重心轉向個人安身立命上，鑽研老莊哲學避世。但《莊子·逍遙遊》一篇，過去一直是個難點。名士們的鑽研都無法超越郭象和向秀。支道林，本名支遁，東晉高僧。他在白馬寺裏跟太常馮懷談天時說到了《逍遙遊》。他能夠在郭、向兩家的見解之外，提出新的義理。他認為莊子的逍遙是精神遊於無窮之境，隨萬物而變化，不脫離物，又不執着物。他能提出了不同於諸位名家的觀點，標新立異，後世多數採用他的說法。

這就是成語「標新立異」的由來。

支道林用佛家思想來解釋《逍遙遊》，他能跳出舊有框框，不同於一般名士的見解，自成一家。他的見解更符合莊子逍遙的境界——精神自由、順應自然。這些突破都是當時名士們翹首以待，卻遲遲無法達到的境界。創新需要有質疑的精神和敢於挑戰權威的勇氣。支道林勇於突破舊思維，敢於標新立異，這種精神值得我們學習。

貳 《洛陽紙貴》及《屋下架屋》

洛陽紙貴：

左太沖作《三都賦》初成，時人互有譏訾①，思意不愜②。後示張公，張曰：「此《二京》可三。然君文未重於世，宜以經高名之士。」思乃詢求③於皇甫謐。謐見之嗟嘆，遂為作敍④。於是先相非貳⑤者，莫不斂衽⑥贊述焉。

屋下架屋：

庾仲初作《揚都賦》成，以呈庾亮，亮以親族之懷⑦，大為其名價，云可三《二京》、四《三都》。於此人人競寫，都下紙為之貴。謝太傅云：「不得爾⑧，此是屋下架屋⑨耳，事事擬學，而不免儉狹。」

洛陽紙貴：

左思剛寫成《三都賦》時，當時的人們紛紛非議詆毀他，左思心裏很不愉快。後來，他把文章拿給張華看，張華說：「這可以和張衡的《二京賦》鼎足而三。可惜你的文章還未得到世人的重視，你應當請名士為你品題推薦。」於是，左思便去拜求皇甫謐。皇甫謐看了，讚嘆不已，就給它寫序。於是，先前那些非議懷疑的人，沒有一個不恭敬地讚美他了。

屋下架屋：

庾闡寫好了《揚都賦》，拿去呈送給庾亮看。庾亮出於親族之情，給予了很高的評價，說它可以和班固的《二京賦》鼎足而三，與左思的《三都賦》並列為四。由於這樣，人人都爭着抄寫，連京城紙價也因此而上漲了。謝安說：「不能這樣吧。**這篇賦是屋下架屋而已。處處模仿別人，就難免變得簡陋狹隘。**」

① 譏訾：指責非議、譏諷。
② 不愜：不愉快。
③ 詢求：請教、尋求。
④ 敘：序言、序文。
⑤ 非貳：非難懷疑。
⑥ 斂衽：提起衣襟夾於帶間，以示肅敬。
⑦ 懷：情懷。
⑧ 爾：這樣、如此。
⑨ 屋下架屋：比喻因襲他人而無創新，此為六朝人習用語。

模仿與創新

閱讀啟示：謝安批評《揚都賦》在創作上過於模仿前人，沒有展現出獨特的創新或突破，文學價值有限。然而，也有人認為「模仿是創新的基石」。通過模仿，我們可以汲取前人的智慧結晶，站在巨人的肩膀上，看得更遠。兩者的關鍵在於要在模仿的基礎上尋求創新，走出自己的道路。（參考 2023 DSE 卷二）

文言文練習（五）

曹植七步詩

文帝嘗令東阿王七步中作詩，不成者行大法。應聲便為詩曰：「煮豆持作羹，漉菽以為汁。萁在釜下然，豆在釜中泣。本自同根生，相煎何太急？」帝深有慚色。

魏文帝曹丕曾經命令東阿王曹植在七步之內寫出一首詩，如果不能完成就要處以死刑。曹植馬上就寫了詩：「燒煮豆子拿來做羹，濾過豆子成為漿汁。豆萁在鍋下燃燒，豆子在鍋中哭泣：本是同根生長，何必急於互相煎熬！」魏文帝臉上露出了深深的羞愧之色。

1. 指出以下句子中帶有橫線的字詞意思。（5 分）

(1) 文帝嘗令東阿王七步中作詩　　令：＿＿＿＿＿＿

(2) 煮豆持作羹　　持：＿＿＿＿＿＿

(3) 萁在釜下然　　釜：＿＿＿＿＿＿

(4) 萁在釜下然　　然：＿＿＿＿＿＿

(5) 帝深有慚色　　慚：＿＿＿＿＿＿

2. 根據文意，把以下的句子語譯為白話文。（3 分）

文帝嘗令東阿王七步中作詩，不成者行大法。

＿＿＿＿＿＿＿＿＿＿＿＿＿＿＿＿＿＿＿＿＿＿＿＿

總分：　　/8

文言閱讀小技巧

- 單音詞：將單音詞轉換為更具體、更易於理解的雙音或多音詞。例如：「嘗」譯為「曾經」，「令」譯為「命令」。
- 留意原文的修辭和意象：

  曹植的詩中使用了豆和萁的比喻，暗示兄弟之間的爭鬥。

五、方正篇
為人方正

《周嵩打刁協》

周伯仁為吏部尚書，在省內，夜疾危急。時刁玄亮為尚書令，營救備①親好之至，良久小損②。明旦，報仲智，仲智狼狽③來。始入户，刁下牀④對之大泣，説伯仁昨危急之狀。仲智手批⑤之，刁為辟易⑥於户側。既前，都不問病，直云：「君在中朝⑦，與和長輿齊名，那⑧與佞人⑨刁協有情！」逕便出。

周顗做吏部尚書時，有一天晚上，在官署中突然發病，相當危急。那時刁玄亮（刁協）任尚書令，趕緊設法營救，親自悉心照顧，對周顗竭盡親密友好的情誼。過了好久，周顗的病情略為減輕。第二天早上，派人去告訴周顗的弟弟周嵩。周嵩十分匆忙地趕來，剛進門，刁協就下了坐榻對周嵩大哭，訴説昨晚周顗病危的狀況。周嵩二話不説，揚手就打了刁協，使他急忙退避到門邊。周嵩走上前見了周顗，完全不問病情，直言不諱地説：「**您在南渡之前，與和長輿（和嶠）齊名，現在怎麼能跟刁協這種諂媚奉承的小人有交情呢！**」説罷就徑直出去了。

① 備：全、盡。
② 小損：病情稍輕。損：差減。
③ 狼狽：慌張、慌忙。
④ 牀：坐榻。
⑤ 批：擊打。
⑥ 辟易：退避、避開。
⑦ 中朝：指西晉時，南渡以前。
⑧ 那：怎麼。
⑨ 佞人：善於花言巧語、阿諛奉承的人。

周顗故事揭示了真正的知己不是表面奉承的人，而是能夠直言不諱、關心你本質與志向的人。刁協雖然表面上對周顗照顧備至，但這種關心只停留在表面；相比之下，周嵩雖然言辭犀利，卻是真正關心兄長品格與志向的知己。**試以「經過這件事，我才明白到思賢是我的知己，是真正了解我的人」為首句，撰文一篇，記述時間經過，並抒發體會。**（參考 2021 DSE 卷二 題一）

思路與靈感

- **起**：我是完美主義者，每天制定嚴格的讀書計劃，甚至放棄所有休息和娛樂時間，以備考文憑試。我表面上成績優異，內心卻不堪重負，幾近崩潰。
- **承**：好朋友思賢當着全班同學的面批評我。我憤怒至極，認為他根本不了解我的付出。當天放學後，思賢把一本心理學書籍放在我的抽屜，書簽夾在「完美主義與自我摧毀」的章節。
- **轉**：他指出我問題所在，並不是不夠努力，而是過於努力，透支生命和健康。那一刻，我如遭雷擊。原來他的批評是刻意為之，為的是打破我對自己的錯誤認知，讓我看清真相。
- **合**：我才明白到在這個世界上，真正的知己不一定是認同你、讚美你的人，而是能看穿你盲點、願意喚醒你的人。他的「不理解」，恰恰是最深刻的理解。

學以致用

「以直報怨的向雄」

向雄為河內主簿，有公事不及雄，而太守劉淮橫怒，遂與杖遣之。雄後為黃門郎，劉為侍中，初不交言。武帝聞之，敕雄復君臣之好。雄不得已，詣劉，再拜曰：「向受詔而來，而君臣之義絕，何如？」於是即去。武帝聞尚不和，乃怒問雄曰：「我令卿復君臣之好，何以猶絕？」雄曰：「古之君子，進人以禮，退人以禮；今之君子，進人若將加諸膝，退人若將墜諸淵。臣於劉河內，不為戎首，亦已幸甚，安復為君臣之好！」武帝從之。

向雄初入仕途時，於魏國擔任河內郡主簿一職。某次，有一份公文未送達至向雄處，他對此事全然不知情。然而，太守劉淮怒氣正盛，竟無端牽連於他，不僅對其施以杖刑，最終更將其革職處分。

後來，朝代更迭，進入晉朝。向雄調任為黃門侍郎，而劉淮則擔任侍中之職。儘管二人依舊存在上下級的從屬關係，但彼此從不交談，形同陌路。晉武帝司馬炎聽聞此事後，下令要求向雄主動修復與劉淮的關係，重拾往昔長官與僚屬之間的情誼。聖命難違，向雄迫於無奈，只得前往拜訪劉淮。行禮之後，他說道：「我不過是因皇命難違才前來，而我與您之間的上下級關係，早已恩斷義絕。」說完便頭也不回地轉身離去。

晉武帝聽聞兩人關係還是不好，就氣憤地質問向雄：「朕不是讓你們和睦相處嗎？怎麼還這麼絕情？」向雄說：「古代的君子，推舉官員時講究合禮，罷免官員時也講究合禮；如今的君子，舉薦時親暱得彷若要將其攬入懷中一樣，罷免時就如要把人推到深淵裏一樣決絕。劉淮對我做過的事，我未帶頭攻擊他已經很好了，怎麼可能期待我和他親近呢？」晉武帝聽完向雄的話，也就隨他了。

《論語・憲問》有人向孔子請教：「以德報怨，何如？」孔子回答說：「何以報德？以直報怨，以德報德。」如果以恩德去回報仇怨，那用甚麼來回報對我們有恩惠的人呢？孔子認為我們應該用正直之道對待仇人，別人用恩惠待我，我才同樣的用恩惠回報他。論語的核心價值是講「仁愛」，但是，孔子所說的「仁愛」並非無原則的愛，而是有着鮮明的原則性。「以直報怨」不但指出為人處事背後的價值觀，而且是合乎人之常情的處事原則。

人與人之間的親疏關係，是彼此雙方共同努力維繫的。兩個人不合拍且有仇隙，縱然你是皇帝，再怎麼勉強也是徒然。

六、雅量篇

寬宏氣量

壹《顧雍喪子》

豫章①太守顧邵，是雍之子。邵在郡卒，雍盛集僚屬自②圍棋，外啓③信④至，而無兒書，雖神氣不變，而心了⑤其故，以爪掐掌，血流沾褥。賓客既散，方歎曰：「已無延陵之高⑥，豈可有喪明之責？」於是豁⑦情散哀，顏色自若。

譯文

豫章太守顧邵，是顧雍的兒子。顧邵在郡守任上去世了，那天顧雍正大請同僚，他還在下着圍棋。外面有人稟告說送信的人到了，但沒有他兒子署名的信，顧雍雖然神色不變，但心裏已經明白發生了甚麼變故，他強自忍着，用手指甲掐住自己的手掌，掐得血流出來，沾染了墊褥。一直等到賓客散了，他才哀歎說：「**我既然沒有延陵季子（季札）那樣通達高尚，難道還要（像子夏那般）為兒子之死而哭瞎眼睛，再受人責備嗎？**」於是他消解了哀傷，排遣了愁緒，神色自若。

① 豫章：郡名，在今江西南昌。
② 自：正、正在。
③ 啓：報告。
④ 信：使者。此指送信的人。
⑤ 了：明白、懂。
⑥ 高：此謂通達高尚。
⑦ 豁：排遣、消散。

《顧雍喪子》與《論語》「子欲養而親不在」

「子欲養而親不在」與「晚年失子」都是人生中的遺憾。前者道出了子女在想要孝敬父母時，卻發現父母已離世的無奈和悲痛。父母之年，不可不知也；後者則不僅失去了親人，更失去了未來的希望和動力。**這提醒我們生命的無常和寶貴，應該在有限的時間裏，關愛家人，珍惜當下。**（參考指定文言經典——《論語》）

文言文練習（六）

二王輕視羊孚

羊綏第二子孚，少有俊才，與謝益壽相好。嘗蚤往謝許，未食。俄而王齊、王睹來，既先不相識，王向席，有不説色，欲使羊去。羊了不眄，唯腳委几上，詠矚自若。謝與王敘寒溫數語畢，還與羊談賞；王方悟其奇，乃合共語。須臾食下，二王都不得餐，唯屬羊不暇。羊不大應對之，而盛進食，食畢便退。遂苦相留，羊義不住，直云：「向者不得從命，中國尚虛。」二王是孝伯兩弟。

羊綏第二個兒子羊孚，年輕時就有卓越的才智，與謝混關係友好。有一次，他一早到謝混家，還沒有吃過東西。一會兒，王熙、王爽也來了，他們之前互不相識，二王兄弟走向座位，就露出不愉快的臉色，想讓羊孚離去。羊孚完全不理睬他們，連眼睛都不斜着看他們。只管把腳擱在茶几上，悠然自得地詠詩看風景。謝混與二王寒暄了幾句之後，就回頭與羊孚談天説地。這時候，二王才發覺羊孚才氣不一般，於是也一同談論。片刻，食物擺上了，二王兄弟都沒有吃，只是忙着勸請羊孚多吃。羊孚也不大應答二王的話，只顧大快朵頤，吃完就告辭。二王兄弟就苦苦挽留羊孚，羊孚堅決不留下，直接説：「方才我沒有按照你們的意思離去，只因肚子還是空空的。」二王，就是王恭的兩個弟弟。

1. 指出以下句子中帶有橫線的字詞意思。（5 分）

(1) 嘗蚤往謝許　　蚤：__________

(2) 有不説色　　説：__________

(3) 唯腳委几上　　委：__________

(4) 詠矚自若　　矚：__________

(5) 唯屬羊不暇　　屬：__________

2. 根據文意，把以下的句子語譯為白話文。（3 分）

向者不得從命，中國尚虛。

____

總分：　　/8

文言閱讀小技巧

- 古今異義：「中國」在古代文獻中常指中原或國都地區，與現代意義不同，需根據上下文適當替換，如文中「中國」譯為「肚內、心腹部分」，而「夷狄」來比喻四肢。其他常見古今異義詞如：妻子（妻子、兒女），交通（交錯相通），卑鄙（卑微、低下），犧牲（祭品），親戚（父母、兄弟等），無論（不要說），絕境（與世隔絕的地方），結束（整好裝束），風流（傑出、英俊），顏色（臉上的神色），行李（外交使節）。

貳《嵇康行刑》

嵇中散臨①刑東市②，神氣不變，索琴彈之，奏《廣陵散》。曲終，曰：「袁孝尼嘗請學此散，吾靳③固④不與，《廣陵散》於今絕矣！」太學生三千人上書，請以為師，不許。文王⑤亦尋悔焉。

中散大夫嵇康在東市將要被處死，他神色自若，索要了一把琴來彈奏，彈了一曲《廣陵散》。彈奏完畢，他說：「過去袁孝尼（袁准）曾經請求學習此曲，**我當時吝惜，堅決不肯傳授給他。從此以後，《廣陵散》絕響了！**」當時有三千名太學生上書，請求拜嵇康為師，朝廷不允許。嵇康被殺不久，文王司馬昭也後悔了。

① **臨：即將、面臨。**
② **東市：洛陽舊有三市，馬市在城東，又稱東市。漢代在長安東市處決被判死刑的人，故以「東市」指刑場。**
③ **靳：吝惜。**
④ **固：堅決、固執。**
⑤ **文王：司馬昭，文王是後來追尊之稱。**

嵇康面對死亡，神色不變，不懼生死，仍堅守自己的原則。在人生路上，我們面對各種處境都能微笑以對嗎？**試以「微笑以對」為題，寫作文章一篇。**（參考 2020 DSE 卷二 題二）

- **蘇軾的微笑以對：**蘇軾一生仕途坎坷，三次被貶至黃州、惠州、儋州，環境愈發艱苦。然而，他卻在逆境中創作了《赤壁賦》《念奴嬌・赤壁懷古》等千古名

篇；面對新舊黨爭，他在《定風波》中寫道「回首向來蕭瑟處，歸去，也無風雨也無晴」，他在人生的低谷反而寫出了如此超然的詞句，這種豁達的態度幫助他在逆境中找到內心的安寧，以超然態度化解政治風波；蘇軾善於在困苦中尋找樂趣：在黃州發明「東坡肉」，在惠州自釀「桂酒」，在儋州採集草藥治病。

蘇軾微笑以對的樂觀哲學，正如林語堂所言：「蘇軾已死，他的名字只是一個記憶，但是他留給我們的，是他那心靈的喜悅、思想的快樂，這才是萬古不朽的。」在今天，這種「微笑以對」的智慧，依然是我們面對人生風雨的最佳指南。

- **曼德拉的微笑以對**：27 年的牢獄生涯中，曼德拉始終以微笑面對迫害，他說：「當我走出囚室邁向通往自由的監獄大門時，我已清楚，自己若不能把悲痛與怨恨留在身後，那麼我其實仍在獄中。」微笑是武器，能瓦解仇恨，贏得尊重。
- **德蘭修女的微笑以對**：在加爾各答貧民窟，她用微笑安慰垂死的孩童：「你們是上帝眼中的星辰。」這句話讓無數生命在絕望中感受到溫暖。微笑是信仰的化身，能照亮最黑暗的角落。

學以致用

「嵇康與山濤的友誼」

山公將去選曹，欲舉嵇康；康與書告絕。

嵇康被誅後，山公舉康子紹為秘書丞。紹咨公出處，公曰：「為君思之久矣。天地四時，猶有消息，而況人乎！」

嵇康，本姓奚，曹魏宗室的女婿，官中散大夫。他崇尚老莊，與阮籍、山濤、劉伶、向秀、阮咸、王戎隱居在河南的竹林之中，飲酒談玄，撫琴吟詩，稱為「竹林七賢」。他的好朋友山濤後來走出竹林，效力司馬氏，並想薦舉他代其原職。嵇康於是寫了一封名傳千古的《與山巨源絕交書》，洋洋灑灑表明人的秉性各有所好，自己賦性疏懶，不堪禮法約束，痛責山濤不該糾纏自己出仕。他更聲言：「非湯武而薄周孔」，暗諷司馬氏以名教為幌子行篡逆之實，公然站在司馬氏政權的對立面，為日後被處斬埋下了禍根。

嵇康性格剛直，拒絕效力司馬氏，對他們標榜的虛偽禮法加以譏諷，結果遭誣被處死。他臨刑的時候，有三千名太學生向司馬昭求情，請求以他為師，可見他在當時社會上的聲望。臨刑前，他彈奏一曲《廣陵散》就慷慨就義。嵇康死時才四十歲。他臨死前對十歲的兒子說：「巨源在，汝不孤矣。」有山濤叔叔在，你就不會成為孤兒的。日後，山濤果然不負囑託，最終將嵇康的兒子嵇紹養大成人。後來，嵇紹在山濤的舉薦下，更成為了一代名臣。

這就是成語「嵇紹不孤」的由來。

魏晉南北朝，是中國歷史上的大亂世。當時政治黑暗，司馬懿將曹爽及其黨羽盡數滅族，一夜之間，名士減半。上位後的司馬氏，為了穩固勢力，繼續剷除異己，誅殺名士。

在這樣的政治大環境下，嵇康不願同流合污，寧願當一個隱士，在竹林中過着打鐵的生活，也不出仕。所以當山濤推薦他當官，他不但不領情，反而要與他絕交。可惜，嵇康最終仍難逃被殺害的命運。臨死前嵇康既沒有把孩子託付給哥哥嵇喜，也沒託付給志同道合的好友阮籍，而是託付給了已經絕交的山濤。可見在嵇康心裏，他深深明白山濤是一個肚可撐船、寬宏大度的君子，是一個「和而不同」的知己，是一個可託付重任的兄弟。

七、識鑒篇

鑒別人才

壹《曹操亂世英雄》

曹公少時見喬玄，玄謂曰：「天下方亂，群雄虎爭[①]，撥[②]而理[③]之，非君乎[④]？**然君實亂世之英雄，治世之奸賊**。恨[⑤]吾老矣，不見君富貴，當以子孫相累。

曹操年輕時去拜見喬玄，喬玄對他說：「方今天下動亂，各路英雄如虎相爭，逐鹿中原。能撥亂反正，治理好國家，我看非君莫屬！**而您確實是亂世中的英雄，治世中的奸賊**。遺憾的是我老了，不能看到您富貴的那一天了，只能把我的子孫拜託給您了。」

① 群雄虎爭：指東漢末黃巾起義之後，州郡牧守、地方軍閥的割據紛爭局面。
② 撥：整頓。
③ 理：治理。
④ 非……乎：不是……嗎？
⑤ 恨：遺憾。

閱讀摘星筆記

曹操與諸葛亮《出師表》

喬玄對曹操的評價，既肯定了其在亂世中的英雄本色，又預見了其在治世中可能成為的「奸賊」形象，可見人的性格和行為往往具有雙面性。此段名言，宛如一盞明燈，提醒我們：無論身處何時何地，皆應坦然面對自身的光輝與陰霾，竭力成為一個對社會有所貢獻的人。歷史，如同一面明鏡，映照着過往的智慧與教訓，照亮前行的道路。

而諸葛亮在《出師表》中，言辭懇切地勸勉後主劉禪。他深知後漢傾覆的教訓，若君主昏庸、奸臣當道，國家必將陷入危難。他殷切期望後主能以史為鑒，莫要重蹈後漢覆轍。只有親賢臣、遠小人，堅守正道，廣納賢言，這樣，才能興復漢室。（參考指定文言經典——諸葛亮《出師表》）

文言文練習（七）

王含父子所投非人

王大將軍既亡，王應欲投世儒，世儒為江州。王含欲投王舒，舒為荊州。含語應曰：「大將軍平素與江州云何，而汝欲歸之？」應曰：「此乃所以宜往也。江州當人強盛時，能抗同異，此非常人所行；及睹衰危，必興愍惻。荊州守文，豈能作意表行事！」含不從，遂共投舒，舒果沉含父子於江。彬聞應當來，密具船以待之；竟不得來，深以為恨。

大將軍王敦死後，王敦的過繼兒子王應想去投奔王敦的堂弟王彬，王彬當時是江州刺史。王敦的哥哥王含想去投奔王舒，王舒是荊州刺史。王含對王應說：「大將軍生前與王彬的關係怎樣？（他們向來不合）你竟想投靠他？」王應說：「正因為如此，才更適宜去投靠他。江州刺史王彬在別人強盛得勢的時候，敢於抗爭，說出不同的政見，這不是平常人所能做到的。等到目睹我們衰敗危急的時候，他必然會產生憐憫惻隱之心；荊州刺史王舒是個謹慎、守規矩的人，難道能期望他作出意料不到的事而收容我們嗎？」王含不聽從王應的意見，於是父子二人一同投奔了王舒。結果，王舒果然把父子倆沉入江中。王彬當時聽聞王應要來的消息，還秘密地準備好船隻等待，結果竟沒能等到他們，感到非常遺憾。

1. 指出以下句子中帶有橫線的字詞意思。（5 分）

   (1) 而汝欲歸之　　歸：＿＿＿＿＿＿

   (2) 此乃所以宜往也　　宜：＿＿＿＿＿＿

   (3) 必興愍惻　　興：＿＿＿＿＿＿

   (4) 遂共投舒　　共：＿＿＿＿＿＿

   (5) 密具船以待之　　具：＿＿＿＿＿＿

2. 根據文意，把以下的句子語譯為白話文。（3 分）

   江州當人強盛時，能抗同異，此非常人所行。

   ＿＿＿＿＿＿＿＿＿＿＿＿＿＿＿＿＿＿＿＿

總分：　　/8

文言閱讀小技巧

- 注意省略句：文言文往往省略主語、賓語等，如「含不從，遂共投舒」，譯為「王含不聽（王應的話），（父子兩人）就一同投奔王舒。」在語譯時要補上，使句子完整通順。
- 掌握人物關係：明確人物關係，幫助理解文意，如「王大將軍」指的是王敦，「王含」和「王應」應是父子，「世儒（王彬）」和「王舒」是他們考慮投奔的對象。
- 聯繫上文下理推斷：對話中王含詢問王應為何選擇投奔世儒，王應的回答側面描寫了江州刺史王彬能堅持己見，不趨炎附勢，也有惻隱之心的形象。

貳《山濤預言八王之亂》

晉武帝講武於宣武場，帝欲偃武修文①，親自臨幸，悉②召群臣。山公謂不宜爾。因與諸尚書言孫、吳用兵本意，遂究③論。舉坐無不咨嗟④，皆曰：「山少傅乃天下名言。」後諸王驕汰⑤，輕遘禍難。**於是寇盜處處蟻合，郡國多以無備不能制服，遂漸熾盛。**皆如公言。時人以謂山濤不學孫、吳，而闇與之理會⑥。王夷甫亦歎云：「公闇⑦與道合。」

晉武帝（司馬炎）在宣武場講習武事，當時武帝有心要停息武備，宣揚文教，所以親自蒞臨，召集所有的群臣。山濤認為不宜如此，因而和各位尚書講孫武、吳起古代兵法家用兵的本意。他深入地研究論述，滿座的人無不讚歎，都說：「山少傅說的是天下的至理名言。」後來晉初分封的許多諸侯王驕奢淫逸，輕浮放縱，最終釀成禍亂災難。**於是盜賊群起，如同螞蟻般四處出現，地方政府多數因為沒有軍事上的武器裝備而無法制服賊寇，以致割據勢力逐漸壯大了。**這一切都像山濤所說的。當時人認為山濤雖沒學過孫武、吳起的兵家理論，卻能與之不謀而合，理念相通。王衍也讚歎說：「山公所言，暗中符合天道。」

① 偃武修文：停息武備，倡導文教。
② 悉：全部、所有。
③ 究：深入。
④ 咨嗟：讚歎。
⑤ 後諸王驕汰：後來諸王驕奢放縱。此指晉武帝大封宗室為王，諸王勢力強大；至惠帝時，諸王爭權，釀成「八王之亂」。
⑥ 理會：見解一致。
⑦ 闇：暗中。

山濤作為當時的重臣，敢於直言進諫；諸葛亮作為蜀漢的丞相，不僅親自率軍北伐，還向後主劉禪提出了治國建議，他一生為蜀漢的興亡鞠躬盡瘁。山濤明知自己的進諫並不符合武帝的心意，但在一番內心掙扎後，還是直言進諫。進諫的價值在於忠於事情本身，而非追求他人的認可，若當下不敢直言，恐怕會成為他的心結。**試以「自此之後，我終於解開了心結。」為末句收結全文，撰寫文章一篇。**（參考 2017 DSE 卷二 題一）

【比喻與象徵】

- **起**：記述一次課堂上，老師提出了一個問題，全班鴉雀無聲，接着我被老師點名回答問題。當時我心中閃過一個答案，卻像被困在玻璃罩中的聲音，無法說出口，我選擇低頭沉默，搖搖頭說不知道。
- **承**：下課後，老師特意找我聊天，原來我想說的答案是正確的，老師鼓勵我要敢於表達。他向我講了「孔子與弟子言志」的故事，並讚揚曾皙勇於表達與眾不同的見解。
- **轉**：他的話像一枚石子投入心湖，激起層層漣漪，讓我懊悔不已。其實一直以來，每當課堂上需要發言時，我的內心總會掙扎，既想表達卻又害怕失敗。這樣的矛盾讓我越來越封閉，甚至變成一個我無法打開的心結。
- **合**：今天老師再次點名讓我發言，我深吸一口氣，像是跳入未知的深海，終於鼓起勇氣說出自己的答案。雖然並不完全正確，但老師和同學們的掌聲讓我感受到前所未有的釋然。那一刻，我明白了，錯誤並不可怕，真正可怕的是因為害怕而不敢直言。自此之後，我終於解開了心結。

學以致用

「桓温的鴻門宴」

桓公伏甲設饌，廣延朝士，因此欲誅謝安、王坦之。王甚遽，問謝曰：「當作何計？」謝神意不變，謂文度曰：「晉祚存亡，在此一行。」相與俱前，王之恐狀，轉見於色。謝之寬容，愈表於貌。望階趨席，方作洛生詠，諷「浩浩洪流」。桓憚其曠遠，乃趣解兵。王、謝舊齊名，於此始判優劣。

桓温設宴款待，暗中埋伏下全副武裝的甲士，廣邀朝中官員赴宴，意欲趁機誅殺謝安與王坦之。當時，謝安、王坦之身為東晉宰相重臣，桓温若欲篡位，必先除此二人。王坦之心生恐懼，惴惴不安問謝安：「我們應該採取甚麼對策？」謝安神色自若，從容答道：「晉室國祚的存亡，就取決於今日的宴會了。」

二人同赴宴席，王坦之膽戰心驚，惶恐之態表露無遺；謝安則安之若素，寬容的胸懷，顯示在神貌上。謝安踏上台階，即將入座之際，口中仍作洛陽書生的吟咏，朗誦起嵇康「浩浩洪流」一詩。桓温見了謝安身上曠達的風度，反倒感到忌憚，竟然遣散了埋伏的士兵。原本王坦之與謝安齊名，自此之後，高下立判。

桓温是東晉著名的政治家、軍事家。年輕時，帶領軍隊，憑借着非凡的勇氣，深入險地，出奇制勝，收復蜀地，統一南方。西晉滅亡後，他立志收復失地，從四十二歲到五十七歲，曾經先後三次帶兵北伐，可惜都未能成功。桓温晚年，權傾朝野，利慾熏心，企圖以武力篡位。他的不忠不義，令他晚節不保，遺臭萬年。

《蒓鱸之思》

張季鷹辟①齊王東曹掾，在洛，見秋風起，因思吳中菰菜羹、鱸魚膾②，曰：「人生貴得適意③爾，何能羈宦④數千里以要⑤名爵？」遂命駕便歸。俄而⑥齊王敗，時人皆謂為見機⑦。

張翰被任命為齊王司馬冏的東曹掾一職，在洛陽，見到秋風起，就思念起家鄉吳郡的菰菜、蒓羹和鱸魚膾，說：「**人生在世，最難能可貴的是順應自己的心意罷了，何必遠離家鄉數千里做官，追求浮名浮利，富貴爵位呢？**」於是他就讓人駕車，立即回鄉。不久，齊王敗亡，當時人都說張翰能事前洞察事情細微的變化。

① 辟：徵召、被任命，指被招攬為官。
② 膾：切成薄片的肉或魚，生魚片。
③ 適意：合意、稱心如意。
④ 羈宦：在異鄉做官。
⑤ 要：求取。
⑥ 俄而：不久、過了一會兒。
⑦ 見機：事前明察事情變化的細微迹象。

《蒓鱸之思》與王維《山居秋暝》

王維的《山居秋暝》與張翰的《蒓鱸之思》，兩者都涉及到了「秋」。王維描繪的是一幅清新寧靜的山居秋景圖，展現了詩人對自然美景的熱愛和嚮往隱逸生活的情懷。而張翰在洛陽做官時，因見秋風起而思念家鄉的菰菜、蒓羹和鱸魚膾，認為人生最重要的是順應自己的心意，於是毅然辭官歸鄉，流露出對家鄉的深切思念和對名利的淡泊。**他的行為也暗示了一種對世事變遷的敏銳洞察，即能夠預見到齊王敗亡的風險，從而選擇明哲保身。**（參考指定文言經典——王維《山居秋暝》）

王湛出仕

王汝南既除所生服，遂停墓所。兄子濟每來拜墓，略不過叔，叔亦不候。濟脫時過，止寒溫而已。後聊試問近事，答對甚有音辭，出濟意外，濟極惋愕；仍與語，轉造精微。濟先略無子侄之敬，既聞其言，不覺懍然，心形俱肅。遂留共語，彌日累夜。濟雖俊爽，自視缺然，乃喟然嘆曰：「家有名士，三十年而不知！」濟去，叔送至門。濟從騎有一馬，絕難乘，少能騎者。濟聊問叔：「好騎乘不？」曰：「亦好爾。」濟又使騎難乘馬，叔姿形既妙，回策如縈，名騎無以過之。濟益歎其難測，非復一事。既還，渾問濟：「何以暫行累日？」濟曰：「始得一叔。」渾問其故，濟具歎述如此。渾曰：「何如我？」濟曰：「濟以上人。」武帝每見濟，輒以湛調之，曰：「卿家痴叔死未？」濟常無以答。既而得叔後，武帝又問如前，濟曰：「臣叔不痴。」稱其實美。帝曰：「誰比？」濟曰：「山濤以下，魏舒以上。」於是顯名，年二十八始宦。

汝南內史王湛在為雙親守喪期滿，除去孝服之後，就留住在墓地附近。他的哥哥王渾的兒子王濟每次來掃墓，都忽略這個叔叔，不去拜訪，叔叔王湛也不會問候他。王濟離開時偶爾經過，也只是隨意寒暄幾句而已。後來王濟姑且試試問叔叔一些近來發生的事情，王湛的回答言辭精湛，出乎王濟的意料之外。王濟十分驚訝，就繼續和他談下去，越談越覺得叔叔的思想精彩微妙。王濟原先對叔叔王湛幾乎沒有一點子侄的恭敬禮數，聽了他的言論以後，不覺肅然起敬，心服口服。於是留下來同叔叔一起談論，日以繼夜。王濟雖然才俊過人，但和王湛比起來，還覺得自己有所不足，就慨然感嘆說：「家裏有名士，我竟然三十年都不知道！」王濟離開時，叔叔送他到門口。王濟的侍從有一匹馬，極其難以駕馭，很少有人能夠騎它。王濟姑且問叔叔：「您喜歡騎馬嗎？」王湛說：「也喜歡。」王濟就讓叔叔騎那匹烈馬，叔叔騎馬的姿態十分美妙，揚鞭回繩的動作，甚至不亞於那些有名的騎手。王濟更加感歎叔叔的深不可測，不僅僅在一件事情上。王濟回家以後，父親王渾問王濟：「這次為甚麼臨時出門好幾天？」王濟說：「我這幾天才找到一位叔叔。」王渾問其中緣由，王濟就邊感嘆邊述說這幾天的事情。王渾問：「和我相比怎麼樣？」王濟說：「他在我之上。」晉武帝每次見到王濟，總是拿他叔叔王湛來開玩笑，說：「你家那個傻叔叔死了嗎？」王濟以前總是無言以對。等到這次發現了叔叔的才華，晉武帝又像過去那樣問，王濟說：「我的叔叔並不傻。」對晉武帝稱讚叔叔確實非常出色。武帝說：「可以跟誰相比？」王濟說：「他在山濤之下，魏舒之上。」於是王湛就開始出名，到二十八歲那年才出仕。

1. 指出以下句子中帶有橫線的字詞意思。（5 分）

(1) 濟脫時過　　脫：________

(2) 後聊試問近事　　聊：________

(3) 濟先略無子侄之敬　　略：________

(4) 輒以湛調之　　輒：________

(5) 輒以湛調之　　調：________

2. 根據文意，把以下的句子語譯為白話文。（3 分）

後聊試問近事，答對甚有音辭，出濟意外。

____

總分：　　/8

文言閱讀小技巧

透過敘事手法能幫助我們更好地理解文言文內容及分析人物性格。

- 對比：文章通過王濟對王汝南態度的前後對比，突顯了王汝南的才華和品德。
- 對話：文章通過人物對話推動情節發展，突出人物性格。例如，王濟與父親王渾的交談，不僅展現了王汝南的學識淵博，也表現了王濟的爽直和坦誠。

八、賞譽篇

賞識讚美

壹《竹林七賢的後代》

林下諸賢[①]，各有俊才子：籍子渾，器量弘曠[②]；康子紹，清遠雅正[③]；濤子簡，疏通高素[④]；咸子瞻，虛夷[⑤]有遠志，瞻弟孚，爽朗多所遺[⑥]；秀子純、悌，並令淑[⑦]有清流[⑧]；戎子萬子，有大成[⑨]之風，苗而不秀[⑩]；唯伶子無聞。凡此諸子，唯瞻為冠，紹、簡亦見重當世。

竹林七賢，各自的兒子都是俊傑才子：**阮籍的兒子阮渾，器量寬廣豁達；嵇康的兒子嵇紹，清雅高遠而方直正派**；山濤的兒子山簡，豁達通脱，高雅樸實；阮咸的兒子阮瞻，謙虛平易而有遠大志向，阮瞻之弟阮孚，直爽開朗，不為世務所累；**向秀的兒子向純、向悌，美好善良而都有高潔的德行**；王戎的兒子王萬子，有成大事的風度，可惜英年早逝；唯獨劉伶的兒子默默無聞。總括這些人的兒子，唯獨阮瞻超過其餘人，居首位，嵇紹、山簡也被當世人所看重。

① 林下諸賢：魏晉間山濤、阮籍、嵇康、向秀、劉伶、阮咸、王戎七名士，常共遊宴於竹林之下，人稱「竹林七賢」。

② 弘曠：寬廣豁達。

③ 雅正：端正，有風度。

④ 疏通高素：放達通脱，高雅淳樸。

⑤ 虛夷：謙虛平易。

⑥ 遺：脱棄。此謂不為世務所累。

⑦ 令淑：美好善良。

⑧ 清流：比喻高潔的德行。

⑨ 大成：謂學問事業有大成就。

⑩ 苗而不秀：比喻英年早逝，此指王戎子王綏早逝。

《出師表》中，諸葛亮對劉禪提出了許多勸誡和建議，希望他能像他父親劉備一樣，成為一位賢明的君主。而文中竹林七賢的兒子們雖然受到父輩的影響，但他們並非一味模仿，而是各自發揮了獨特的個性與才能。**在日常生活中，模仿處處可見。當紅的偶像、著名的藝術品、成功的策略等均可為模仿對象。有人認為：「模仿缺乏個性。」你同意嗎？試撰文一篇，論述你的看法。**（參考 2023 DSE 卷二 題三）

【古今中外例子】

分論點：模仿是學習的基礎，有助於快速掌握基礎，並為後續的個性化發展奠定基礎。

- **古、外例**：亞里士多德最初模仿柏拉圖的哲學體系，學習他的理論基礎，例如「理念論」。然而，亞里士多德並未停留在模仿階段，而是在此基礎上進行了自己的思考，最終提出了與柏拉圖不同的「實體論」。
- **今、中例**：著名鋼琴家郎朗在年輕時學習鋼琴時，通過模仿許多鋼琴大師的演奏風格，快速掌握了高超的演奏技巧，還學會了如何理解和詮釋音樂。然而，郎朗並未止步於模仿，而是在此基礎上融入了自己的情感與表現力，形成了具有個人特色的演奏風格，成為國際知名的鋼琴家。
- **古、外例**：藝術創作中，許多大師都曾模仿前人，但最終形成了自己的風格。例如，梵高早期模仿印象派，但後來發展出獨特的後印象派畫風。

學以致用

「覆巢之下，焉有完卵」

孔融被收，中外惶怖。時融兒大者九歲，小者八歲，二兒故琢釘戲，了無遽容。融謂使者曰：「冀罪止於身，二兒可得全不？」兒徐進曰：「大人豈見覆巢之下，復有完卵乎？」尋亦收至。

孔融享有盛名卻未依附曹操，且常出言譏諷、議論時政。曹操以孔融在清談中發表違背名教的言論為由，下令逮捕孔融。當孔融被捕，朝廷內外都感到惶恐不安。當時，孔融的兒子，大的九歲，小的只有八歲，兩個孩子仍舊玩着琢釘的兒童遊戲，一點恐懼的樣子都沒有。

孔融面對前來拘捕自己的差役，懇切說道：「希望只加罪到我一人身上，能不能保全這兩個孩子的性命？」兒子從容不迫地上前說：「父親大人，您難道見過傾覆的鳥巢下，還會有完整無損的鳥蛋嗎？」不久，兩個兒子也被捕入獄。

這就是成語「覆巢之下，焉有完卵」的由來。

孔融被曹操藉故逮捕，他的兒子也被無辜受累。然而，兩個兒子的反應卻是處變不驚，鎮定自若。年紀輕輕已經明白一榮俱榮，一損俱損，覆巢之下，焉有完卵？一旦父親罹禍，全家老少不得幸免。這兩個聰明絕頂的孩子最終和他們的父親一樣，被曹操殺害，在歷史上連名字都沒能留下來，但「覆巢之下，焉有完卵」的典故卻永留後世。

九、品藻篇

品評人物

壹《諸葛亮三兄弟》

諸葛瑾弟亮，及從弟①誕，並有盛名，各在一國。於時以為蜀得其龍，吳得其虎，魏得其狗②。誕在魏，與夏侯玄齊名；瑾在吳，吳朝服③其弘量④。

諸葛瑾和弟弟諸葛亮，以及族弟諸葛誕，都有很高的名望，而各自在三國中的一國任職。**當時，人們認為蜀國擁有智謀如龍的諸葛亮，吳國有勇猛如虎的諸葛瑾，而魏國則有忠誠如狗的諸葛誕。**諸葛誕在魏國，與夏侯玄齊名；諸葛瑾在吳國，朝廷上下都佩服他的恢宏氣度。

① 從弟：族弟、堂弟。

② 狗：以狗比諸葛誕。古兵書《六韜》以「文」、「武」、「龍」、「虎」、「豹」、「犬」為排列次序，可知古人認為「狗」僅下「龍」、「虎」一等，而甚有功用，並非蔑稱。

③ 服：佩服、敬佩。

④ 弘量：宏大的氣度。

諸葛三兄弟與諸葛亮《出師表》

諸葛家族三兄弟，諸葛瑾、諸葛亮、諸葛誕，在三國時期，他們各事其主，皆才華橫溢。諸葛亮作為蜀漢丞相，以他的智慧、才能和忠誠贏得了後世的敬仰和讚美；而諸葛瑾和諸葛誕則分別在吳、魏兩國擔任高官，為各自的國家做出了重要貢獻。諸葛家族人才輩出，忠勇智謀皆備，令人欽佩。（參考指定文言經典——諸葛亮《出師表》）

文言文練習(九)

東方朔救乳母

漢武帝乳母嘗於外犯事，帝欲申憲，乳母求救東方朔。朔曰：「此非唇舌所爭，爾必望濟者，將去時，但當屢顧帝，慎勿言。此或可萬一冀耳。」乳母既至，朔亦侍側，因謂曰：「汝痴耳！帝豈復憶汝乳哺時恩邪？」帝雖才雄心忍，亦深有情戀，乃悽然愍之，即敕免罪。

漢武帝的奶媽曾經在外面犯了罪，武帝想要依法處置，奶媽向東方朔求救。東方朔說：「這不是靠嘴巴說幾句話所能爭取到的。你希望得救的話，等你將要離開時，只要不斷回頭望着武帝，千萬不要說話，這樣也許能有萬分之一的希望。」奶媽去見漢武帝辭別，東方朔也侍立在武帝旁邊，他就對奶媽說：「你真蠢啊！難道皇上還會記得小時候你給他餵奶的恩情嗎？」漢武帝雖然是雄才大略，性情堅忍，但也有深情念舊的一面，於是對奶媽生起淒然憐憫之情，立即赦免了她的罪。

1. 指出以下句子中帶有橫線的字詞意思。(5 分)

(1) 爾必望濟者　　濟：________

(2) 但當屢顧帝　　屢：________

(3) 此或可萬一冀耳　　冀：________

(4) 帝豈復憶汝乳哺時恩邪　　邪：________

(5) 乃悽然愍之　　愍：________

2. 根據文意，把以下的句子語譯為白話文。(3 分)

將去時，但當屢顧帝，慎勿言。

____

總分：　　/8

文言閱讀小技巧

調整語序：文言文的句子結構與白話文不同，有時出現省略句和倒裝句，語譯時，需要對語序進行調整，以確保譯文的通順和流暢。如「將去時，但當屢顧帝，慎勿言」（當你將要離開的時候，只需頻頻回頭看皇帝，但千萬不要說話）；又如范仲淹《岳陽樓記》中的「微斯人，吾誰與歸？」可以調整語序為「微斯人，吾與誰歸」（如果沒有這樣的人，那我同誰一道呢？）

貳《各有其美》

桓玄問劉太常曰：「我何如謝太傅？」劉答曰：「公[1]高[2]，太傅深[3]。」又曰：「何如賢舅[4]子敬？」答曰：「樝梨橘柚，各有其美。」

桓玄問太常劉瑾說：「我和太傅謝安相比，如何？」劉瑾回答：「您高明，太傅深遠。」桓玄又問：「比起令舅父王獻之，又如何？」劉瑾回答：「**山楂、生梨、橘子、柚子，各有各的美味。**」

① **公：對人的尊稱，此處指桓玄。**
② **高：高明、卓越。**
③ **深：深厚、深遠。**
④ **賢舅：尊稱別人之舅。**
⑤ **樝：山楂。**

山楂、生梨、橘子、柚子，它們各有各的美味，就像人生中的每一個階段和不同的人一樣，各有各的美好之處。我們日常生活也是如此，處處能體會到「各有其美」的道理。**試根據你的聯想或思考，並結合生活經驗，寫作文章一篇。**（參考 2023 DSE 卷二 題二）

【事物象徵】

山楂：平凡中的酸甜象徵

- 山楂雖然酸，但細細品味後能感受到酸甜交織的滋味，象徵日常生活中那些看似平凡卻值得珍惜的瞬間，值得我們細細品味。例如每天父母為我們準備的飯菜，雖然日復一日，但卻蘊含着深厚的愛。

生梨：清新的關懷象徵

- 生梨清甜多汁，象徵人際關係中的溫暖與關懷，無論是家人、朋友還是陌生人，這種情感就像梨的清甜，令人舒心。例如朋友在我們低落時的一句安慰，老師在課堂上的鼓勵，都是生活中的「生梨」。人際關係中的美好往往被忽視，但它們是生活中不可或缺的清甜。

橘子：每次的成長象徵

- 橘子剝開後有多瓣果肉，象徵人生的每個階段，雖然味道各異，但都構成了完整的成長過程。例如童年的天真、少年的熱血、成年人的責任感，每一個階段都有其獨特的美好。人生就像橘子的果瓣，每一部分都值得細細品味。

柚子：沉穩與內涵象徵

- 柚子外皮厚重，內部果肉飽滿，象徵那些不易察覺但意義深遠的美好，比如自然的景色或生命的哲理。例如清晨的陽光、雨後的清新、樹葉間的微風，這些看似微不足道的事物，其實是生活中最溫柔的陪伴。我們要學會用心感受，才能發現這些深沉的美好。

學以致用

「郗超不以愛憎匿善」

郗超與謝玄不善。苻堅將問晉鼎，既已狼噬梁、岐，又虎視淮陰矣。於時朝議遣玄北討，人間頗有異同之論。唯超曰：「是必濟事。吾昔嘗與共在桓宣武府，見使才皆盡，雖履屐之間，亦得其任。以此推之，容必能立勳。」元功既舉，時人咸嘆超之先覺，又重其不以愛憎匿善。

郗超與謝玄私交不睦。前秦苻堅將圖謀東晉的天下，已經攻佔了梁州、岐山一帶，又虎視眈眈地想取下淮陰。值此危急存亡之秋，朝廷上下商議派謝玄率軍北伐。許多大臣對此決定意見紛紜，有的擔憂謝玄能力不足，難以擔當此重任；有的害怕戰事不利，會給國家帶來更大的災難，每個人都各執一詞。

在這關鍵時刻，唯有郗超獨具慧眼，力排眾議說，「此人一定能成事。我以前曾和他在桓温幕府共事過，發現他無論大事小事，皆能人盡其才，物盡其用。即便細微如履、屐之間的小差異，亦能妥善任用，不遺餘力。由此可推論，他一定能建立大功。」

最終，歷史驗證了郗超的預言。東晉在淝水之戰中，以七萬餘軍力大破前秦八十餘萬大軍，此役堪稱中國歷史上以少勝多的經典之戰，其輝煌戰績，永載史冊。謝玄、謝安等人亦憑此戰功績，名垂青史，為後世所敬仰。當時的人，無人不讚嘆郗超有先見之明，更敬重他不因個人愛憎而埋沒他人長處的高尚品格。郗超之舉，不僅彰顯了其識人之明，更體現了其胸懷天下、以大局為重的崇高精神。

郗超雖然和謝玄不和，但當國家多事之秋，朝廷用人之際，郗超能挺身而出，推薦謝玄，對謝玄做出實事求是的評價，促成其率師北伐之事。後來，謝玄果然在淝水之戰立下大功，證明了郗超觀人於微，眼光獨到。而郗超最令人欽佩的是他並未因兩人的不合，而隱藏謝玄的才華。這種大公無私的精神，值得後人學習。

十、規箴篇

規勸告誡

壹《張闓毀門》

元皇帝時，廷尉[1]張闓在小市居，私作都門[2]，早閉晚開，群小[3]患[4]之，詣[5]州府訴，不得理；遂至撾[6]登聞鼓，猶不被判。聞賀司空出，至破岡，連名詣賀訴。賀曰：「身被徵作禮官，不關此事。」群小叩頭曰：「若府君複不見治，便無所訴。」賀未語，令：「且去，見張廷尉當為及之。」張聞，即毀門，自至方山迎賀，賀出見辭之，曰：「此不必見關，但與君門情，相[7]為惜之。」張愧謝曰：「小人有如此，始不即知，早已毀壞。」

晉元帝時，掌管司法的廷尉張闓住在京師的小市，他私自設立了小市巷的總門，很早關門又很晚開門。老百姓對這事深感不滿，到州府衙門處告狀，結果沒能得到審理；甚至到朝堂外去敲擊登聞鼓申訴，還是沒有得到處理。他們聽到司空賀循出行，趕到破岡這地方，連名向賀循提出控告。賀循說：「我這次被徵召做執掌禮儀的官員，不管這事。」百姓們叩頭說：「假若賀府君再不管我們所控告的事，那就沒有地方可以申訴了。」賀循沒有說甚麼，只命令道：「你們暫且回去，我見了張廷尉會替你們提及這件事的。」張闓後來聽說了這些情況，立即把里巷的門拆了，親自到方山去迎接賀循。賀循出來接見張闓，向他辭謝，說：「**這件事原不必由我來管，只是與您有世代交情，我為您的名聲惋惜。**」張闓慚愧地謝罪說：「百姓們有這樣的訴求，我一開始並不知情，現在我已經把門拆毀了。」

① 廷尉：官名，掌刑法獄訟。
② 都門：裏巷的總門。都：總括。
③ 群小：居住小市中之百姓。
④ 患：厭恨。
⑤ 詣：去、前往。
⑥ 撾：擊、敲。
⑦ 相：偏指說話者自己，此處為賀循自指。

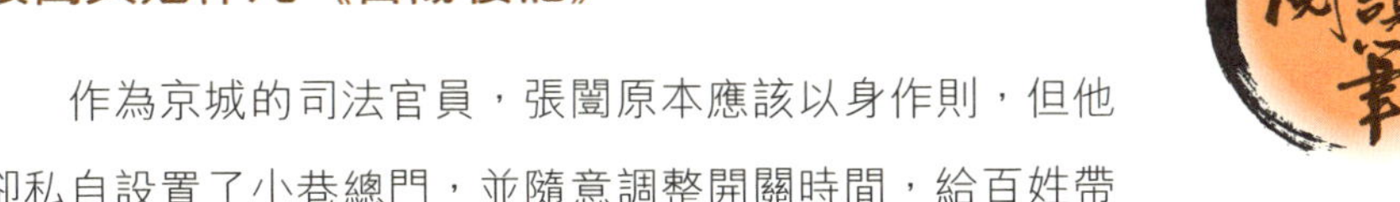

張闓與范仲淹《岳陽樓記》

作為京城的司法官員，張闓原本應該以身作則，但他卻私自設置了小巷總門，並隨意調整開關時間，給百姓帶來了不便，引發了民怨。這一行為，縱然出於個人便利或管理考慮，顯然未能做到范仲淹的「先天下之憂而憂，後天下之樂而樂」的政治理想。而滕子京雖被貶至偏遠的巴陵郡，身處逆境，但他仍堅守信念和志向，使巴陵郡的政事通順、百姓和睦、百廢俱興，並重修岳陽樓。（參考指定文言經典——范仲淹《岳陽樓記》）

文言文練習（十）

桓玄打獵

桓南郡好獵。每田狩，車騎甚盛，五六十里中，旌旗蔽隰。騁良馬，馳擊若飛；雙甄所指，不避陵壑。或行陳不整，麏兔騰逸，參佐無不被繫束。桓道恭，玄之族也，時為賊曹參軍，頗敢直言。常自帶絳綿繩箸腰中，玄問：「此何為？」答曰：「公獵，好縛人士，會當被縛，手不能堪芒也。」玄自此小差。

桓玄喜歡打獵，每次出去打獵，隨從的車馬很多，五、六十里內旗幟遍佈，遮蓋了田野。駿馬良駒飛馳，追趕獵物；左右兩翼的隊伍行進時，不回避山林丘壑。有時隊伍陣勢不整齊，或者讓獐子、野兔之類的獵物逃走了，僚屬們沒有不被桓玄捆綁起來的。桓道恭是桓玄的同族人，他當時擔任賊曹參軍一職，很敢直言。他常常自己帶着紅色的綿繩，纏在腰間，桓玄問：「帶這個做甚麼？」桓道恭回答：「您打獵時，喜歡捆綁人。到我被綁時，我怕我的手受不了那粗繩上的芒刺。」桓玄從此有所收斂。

1. 指出以下句子中帶有橫線的字詞意思。（5 分）

(1) 旌旗蔽隰　　蔽：________

(2) 麏兔騰逸　　逸：________

(3) 常自帶絳綿繩箸腰中　　絳：________

(4) 手不能堪芒也　　堪：________

(5) 玄自此小差　　差：________

2. 根據文意，把以下的句子語譯為白話文。（3 分）

桓南郡好獵。每田狩，車騎甚盛，五六十里中，旌旗蔽隰。

____

總分：　　/8

文言閱讀小技巧

要了解文言內容，還應具備有關古代人、事、名物、官職、稱謂、方位等一般的古文化常識。

- 稱官名：把官名用作人的稱謂在古代相當普遍。桓玄，字敬道，桓温之子，襲父爵為南郡公，故稱「桓南郡」。又如東晉大書法家王羲之官至右軍將軍，至今人們還稱其為「王右軍」；唐代詩人王維曾任尚書右丞，世稱「王右丞」。
- 方位與尊卑：南、北古人一般以南為尊，所以帝王的座位都是面南背北；古人以東為主位，以西為賓位。如，古代皇子被立為太子後，要入住東宮；左、右古代以右為尊。如「以相如功大，拜為上卿，位在廉頗之右。」（史記，《廉頗藺相如列傳》）由此，古代降職就稱為左遷。

貳《桑榆之光》

遠公在廬山中，雖老，講論①不輟。弟子中或有墮②者，遠公曰：「桑榆之光③，理無遠照，但願朝陽之暉④，與時並明⑤耳。」執經登坐，諷誦朗暢，詞色⑥甚苦⑦，高足之徒皆肅然增敬。

慧遠和尚住在廬山中，雖然年邁，仍然講經不斷。他的弟子中有人懈怠了，慧遠和尚就説：「**我就像傍晚時分的夕陽，照理講，是不能長久照耀的了；但願你們如同朝陽的光輝，隨着時間的推移而越來越明亮。**」他拿着經卷，登上講座，開始朗誦經書，誦讀之聲洪亮流暢，言辭神色都極為懇切。他的高足弟子都肅然起敬、洗耳恭聽。

① **講論：指講説討論佛經。**
② **墮：同「惰」，指懈怠。**
③ **桑榆之光：原指照射於桑樹和榆樹梢上的落日之光，轉指夕陽之光，比喻暮年。**
④ **朝陽之暉：比喻年輕人的光芒和希望。暉：陽光、光輝。**
⑤ **與時並明：謂隨着時間的進展，同時更加光亮。**
⑥ **詞色：言辭和神色。**
⑦ **苦：急切。**

在大自然的舞台上，光與影的交替演繹着生命的旋律，夕陽的餘暉與朝陽的升起，各自帶來不同的啟示與美麗。朝陽與夕陽看似對立，實則同根同源，它們共同構成了光的永恆流轉，象徵人生的多樣與完整。**試以「朝陽與夕陽」為題，寫作一篇文章。**（參考 2014 DSE 卷二 題三 「陽光與陰影」）

【總分總】

總【引入】

以擬人化手法描寫朝陽與夕陽進行對話，並提出朝陽與夕陽看似對立，實則同根同源，象徵人生的多樣與完整。

分【朝陽：象徵開端與希望】

連結至人生，朝陽象徵人生的起步階段，如孩童的純真、青年的激情與探索。例如一名剛畢業的學生，懷抱夢想，準備迎接未來的挑戰。

分【夕陽：象徵成熟與沉澱】

連結至人生，夕陽象徵人生的成熟階段，如中年的穩重、老年的智慧與回饋。例如一位退休的醫生，將一生的經驗整理成書，為後人提供指引。

分【朝陽與夕陽的連結：光芒的循環】

朝陽與夕陽其實是同一光芒的不同階段，它們相互交替，構成了日夜的完整。 朝陽與夕陽象徵人生的不同階段。例如一位父親，曾是朝陽般的年輕人，現在成為夕陽般的長者，將自己的光芒傳遞給下一代。

總【升華】

朝陽與夕陽提醒我們，生命的每個階段都有其價值與意義，關鍵在於如何用心體會並珍惜。

「愚笨惠帝司馬衷」

晉武帝既不悟太子之愚，必有傳後意。諸名臣亦多獻直言。帝嘗在陵雲台上坐，衛瓘在側，欲申其懷，因如醉跪帝前，以手撫牀曰：「此坐可惜！」帝雖悟，因笑曰：「公醉邪？」

晉武帝司馬炎始終未能察覺太子司馬衷的愚蠢，一心一意想要傳位給他。許多元老重臣也紛紛直言進諫。晉武帝有一次坐在陵雲台上，衛瓘在一旁陪侍。衛瓘很想向皇帝表明自己的看法，於是假裝醉酒，跪在晉武帝面前，用手撫摸着武帝的坐榻，說：「可惜了這座位啊！」武帝雖然聽懂了衛瓘的言外之意，也只是笑着回應說：「你喝醉了嗎？」後來武帝駕崩後，太子司馬衷繼承皇位，他就是晉惠帝。惠帝的皇后賈南風因衛瓘曾反對太子繼位，掌權後就把衛瓘殺了。

成為皇帝的司馬衷依舊愚笨如初。有一次雨後初晴，司馬衷遊御花園，聽到蛤蟆咕呱咕呱的叫聲，便對侍從們說：「這些蛤蟆是為官事而叫，還是為私事而叫呢？」侍從們回答：「在官家之地就是為公事，在私人之地就是為私事。」

到了天下災荒的年歲，百姓餓死，司馬衷竟然問「他們為甚麼不吃肉粥呢？」

這就是「何不食肉糜」典故的由來。

晉武帝司馬炎大封宗室為王，諸王勢力強大。至惠帝時，由於皇帝愚笨，賈南風亂政，諸王爭權，覬覦皇帝寶座，釀成十六年的「八王之亂」。西晉的國力在內亂中消耗殆盡，匈奴人乘機入侵，導致西晉滅亡。

司馬衷是歷史上出了名的白痴皇帝，晉武帝司馬炎執意把皇位傳他，難怪衛瓘會說此座可惜。假如武帝能夠聽從大臣的建議，挑選一個賢能的兒子繼位，西晉的歷史或會被改寫。

十一、捷悟篇

悟性敏捷

《曹娥碑謎》

魏武嘗過曹娥碑下[1]，楊修從。碑背上見題作「黃絹幼婦，外孫齏臼[2]」八字。魏武謂修曰：「解不？」答曰：「解。」魏武曰：「卿未可言，待我思之。」行三十里，魏武乃曰：「吾已得。」令修別[3]記所知。修曰：「黃絹，色絲也，於字為「絕」；幼婦，少女也，於字為「妙」；外孫，女子也，於字為「好」；齏臼，受辛[4]也，於字為「辭」：所謂「絕妙好辭」也。」魏武亦記之，與修同，乃歎曰：「我才不及卿，乃覺三十里[5]。」

曹操曾從曹娥碑下經過，當時楊修跟隨在一旁。曹操看到碑的背面題着「黃絹幼婦，外孫齏臼」八個字，他就問楊修：「你理解嗎？」楊修回答道：「理解。」曹操說：「你先不要說出來，讓我想一想。」走了三十里，曹操才說：「我已經解出來了。」就叫楊修把他所理解的意思寫下來。楊修寫道：「『黃絹』，是有顏色的絲，『糸』和『色』合成『絕』字；『幼婦』，是少女，『女』和『少』合成『妙』字；『外孫』，是女兒之子，『女』和『子』合成『好』字；『齏臼』，是受辛辣之味的，『受』和『辛』合成『辤』（辭）字。這八個字的意思，說的是『絕妙好辭』。」曹操也記下了自己解出的答案，與楊修相同。於是曹操感歎地說：**「我的才智比不上你，竟然相差三十里。」**

① 曹娥：曹娥十四歲，其父曹盱淹死江中，她沿江號哭十七天，投江而死。縣令度尚為之改葬立碑，命弟子邯鄲子禮作碑文，旌表曹娥孝道。

② 黃絹幼婦，外孫韲臼：意思是讚揚碑文文辭美妙。韲：切成或舂成細末的腌菜。臼，石制舂物器具。

③ 別：分別、單獨。

④ 受辛：盛納五辛。「辛」指辣味。「五辛」指葱、蒜、姜、辣椒、大料。

⑤ 覺：通「較」，相差。

魏晉名士與孟子「捨生取義」

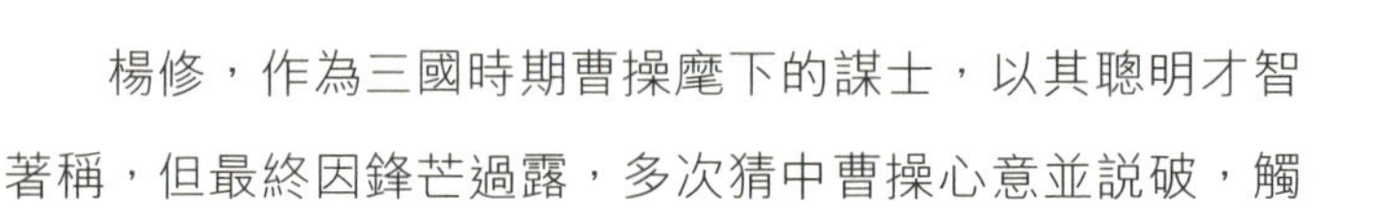

楊修，作為三國時期曹操麾下的謀士，以其聰明才智著稱，但最終因鋒芒過露，多次猜中曹操心意並説破，觸怒了曹操，招致殺身之禍。魏晉士人中，不乏像楊修一樣才華橫溢卻命運多舛的名士，如嵇康傲骨錚錚，不願與司馬氏合作，多次拒絕出仕。後因呂安案被司馬昭處死，臨刑前彈下《廣陵散》，成為千古奇談。嵇康的死，是魏晉名士堅守氣節、不屈不撓的精神象徵。嵇康捨生而取義，其行可頌。（參考指定文言經典——孟子《魚我所欲也》）

文言文練習（十一）

郗超還兵權

郗司空在北府，桓宣武惡其居兵權。郗於事機素暗，遣牋詣桓：「方欲共獎王室，修復園陵。」世子嘉賓出行，於道上聞信至，急取牋，視竟，寸寸毀裂，便回，還更作牋，自陳老病，不堪人間，欲乞閒地自養。宣武得牋大喜，即詔轉公督五郡、會稽太守。

司空郗愔鎮守北府，桓溫不喜歡他掌握兵權。郗愔對於情勢一向比較遲鈍，他還送書信給桓溫說：「我正希望和您共同輔助朝廷，修復先帝的陵園。」他的嫡長子郗超正好外出，在路上聽説送信的人到了，急忙拿過信來，看完後，把信撕成一寸寸的碎片，立即回家，再用父親郗愔的名義另外寫了一封信，信裏陳述自己年老多病，不能勝任世事，想請求有一處閑散的地方（找個閒散的官位）休養生息。桓溫收到這封信，非常高興，立即下令調動郗愔任都督五郡軍事、會稽太守。

1. 指出以下句子中帶有橫線的字詞意思。（5 分）

   (1) 桓宣武惡其居兵權　　惡：________

   (2) 郗於事機素暗　　素：________

   (3) 方欲共獎王室　　獎：________

   (4) 視竟　　竟：________

   (5) 自陳老病　　陳：________

2. 根據文意，把以下的句子語譯為白話文。

   (1) 於道上聞信至，急取牋，視竟，寸寸毀裂。（3 分）

   ____

   (2) 自陳老病，不堪人間，欲乞閒地自養。（3 分）

   ____

3. 根據文意，回答下列問題。

   故事中郗超的行為反映了他的甚麼特點？試舉例説明。（4 分）

   ____

總分：　　/15

十二、夙慧篇
幼時聰慧

《陳元方煮粥》

賓客詣[①]陳太丘宿，太丘使元方、季方炊。客與太丘論議，二人進火，俱委[②]而竊聽，炊忘箸[③]箄[④]，飯落釜中。太丘問：「炊何不餾[⑤]？」元方、季方長跪曰：「大人與客語，乃俱竊聽，炊忘箸箄，飯今成糜。」太丘曰：「爾頗有所識不？」對曰：「仿佛志[⑥]之。」二子俱說，更相易奪[⑦]，言無遺失。太丘曰：「如此，但糜自可，何必飯也！」

有客人拜訪陳寔，並在陳家留宿，陳寔叫兒子陳紀、陳諶去燒火蒸飯。客人與陳寔在談論，陳紀、陳諶兄弟倆燒上了火，不久都放下了活兒，去偷聽客人和父親的談話。因為蒸飯的甑子裏忘了放上蒸架子，結果飯就通過甑底的洞孔漏到底下的鍋裏去了。陳寔問：「燒飯為甚麼還不漉出來蒸？」陳紀、陳諶長跪着說：「父親大人您跟客人談話，我們就一直偷聽，蒸飯時忘記放上蒸架子，飯如今都成了稠粥了。」陳寔問：「你們聽了，可記得些甚麼嗎？」兒子回答說：「仿佛記得的。」兩個兒子一起複述，互相更正補充，竟然把大人們談話的內容一字不漏地複述出來了。陳寔說：「**能夠這樣，只有稠粥也可以了，何必一定要吃飯呢！**」

① 詣：拜訪。
② 委：丟開、捨棄。
③ 箸：安置。
④ 箄：蒸食物用的竹蒸籠，蒸飯需要用箄遮隔，米才不會漏。
⑤ 餾：把米放在水裏煮開，再漉出蒸熟。
⑥ 志：記得。
⑦ 易奪：改正補充。易：修整。奪：亂。

面對孩子們的過錯，陳寔沒有一味指責，而是以一種寬容和理解的態度對待。「每個孩子都是一顆獨特的種子。」試就個人對這句話的體會，**以「成長」為題，寫作一篇文章**。（參考 2013 DSE 卷二 題二）

思路與靈感

- **種子**：種子隨風飄散，經歷了截然不同的命運：有的被吹到貧瘠的土地，努力汲取僅有的養分；有的落入泥濘的水窪，掙扎着尋找生存的空間；有的則幸運地紮根於肥沃的田地，茁壯成長。然而，無論身處何地，每顆種子都在風的吹拂下，努力尋找自己的方向，展現出不一樣的生命力。
- **自身**：再記敘我在成長中也經歷了類似的波折，因為家庭搬遷而不得不一次又一次適應新的學校環境，感到孤單與無助。就像一顆隨風飄零的種子，起初對未來充滿期待，但也因無法掌控方向而感到迷茫與不安。正是這些經歷，令我比起同齡人更容易適應不同的環境，並有更多的機會發現自己的天賦。
- **領悟**：通過種子與風的旅程，我最終領悟到人生中很多事情無法完全由自己掌控，在成長這條路上，即使身處陌生的環境，也要勇敢地嘗試生根發芽，因為每一次變遷都是一次成長的契機。種子最終會找到屬於自己的土壤，而風的吹拂，正是讓它成為獨一無二的自己。正如每個孩子，無論經歷如何，都有屬於自己的獨特可能性。

學以致用

「日近長安遠」

晉明帝數歲，坐元帝膝上。有人從長安來，元帝問洛下消息，潸然流涕。明帝問何以致泣，具以東渡意告之。

因問明帝：「汝意謂長安何如日遠？」答曰：「日遠。不聞人從日邊來，居然可知。」元帝異之。明日，集群臣宴會，告以此意，更重問之。乃答曰：「日近。」元帝失色，曰：「爾何故異昨日之言邪？」答曰：「舉目見日，不見長安。」

晉明帝司馬紹只有幾歲大的時候，有一次坐在父親晉元帝司馬睿的膝蓋上。有人從長安過來，晉元帝問起了洛陽的狀況，不禁悲從中來，潸然落淚。明帝問父親為何落淚。父親就把西晉滅亡、東渡長江的事娓娓道來。隨後問明帝：「你覺得長安和太陽，哪個更遠？」明帝回答：「太陽遠。因為從來沒有聽說有人從太陽那邊來的，很明顯是太陽遠。」元帝對這個回答感到非常驚訝。

第二天，元帝召集群臣設宴，提及了明帝這個巧妙的回答，而且又重新問了一次，沒想到這次明帝卻回答太陽要近一些。元帝大驚失色，質問明帝怎麼跟昨天的回答不一樣。明帝回答：「舉目見日，不見長安。」意思是抬頭就可以看到太陽，卻看不到長安。此話勾起了大臣對故國的思念，後世用「日近長安遠」表示離京去國的悲思。

孔子東遊，見到兩個小孩在爭辯太陽何時離人更遠。其中一個小孩認為日出時近，正午時遠，理由是日出時太陽像車蓋一樣大，到了正午就如同盤子一般小了，這不是遠小近大的道理嗎？另一個小孩則認為日出時遠，正午時近，理由是日出時，感覺較清涼；正午時像手伸進熱水裏一樣熱，這不是近的就感覺熱，而遠就覺得涼的道理嗎？孔子聽了之後，也無從判斷誰對誰錯。

《兩小兒辯日》與晉明帝的「日近長安遠」均表現了古人獨立思考、大膽質疑的科學態度。

十三、豪爽篇

豪放爽朗

《王敦吟曹詩》

王處仲每[1]酒後，輒[2]詠「老驥[3]伏櫪[4]，志在千里。烈士暮年，壯心不已」。以如意[5]打唾壺[6]，壺口盡缺。

王敦每當喝酒後，總是吟詠曹操的詩：「**老驥伏櫪，志在千里；烈士暮年，壯心不已（老馬臥在馬棚，仍心向千里；年老的勇士，心中的壯志仍未消退）**」。吟詠時用如意敲擊唾壺打節拍，壺口被敲得都是缺口。

① **每：常常、往往。**
② **輒：總是。**
③ **老驥：老馬，比喻老年仍有遠大志向的人。**
④ **櫪：馬槽**
⑤ **如意：器物名，用竹、玉、骨等制成，頭作靈芝或雲葉狀，柄微曲，供指劃玩賞用。**
⑥ **唾壺：用來盛唾液的壺，類似現代的痰盂。**

閱讀摘星筆記

王敦與杜甫《登樓》

王敦作為東晉的權臣，琅琊王氏的代表人物，身居高位，通過吟詠曹操的詩句，表達了自己雖處暮年，但仍懷有壯志未酬的豪情；而杜甫《登樓》寫於唐代安史之亂後，國家陷入動蕩，杜甫身處四川，遠離朝廷，但心繫國家安危。詩中流露出杜甫對國家多難的憂慮，以及對自己空懷濟世之心，卻苦無獻身為國之路，感到深深的無奈和悲哀。（參考指定文言經典——杜甫《登樓》）

文言文練習（十二）

桓石虔勇救桓沖

桓石虔，司空豁之長庶也，小字鎮惡，年十七八，未被舉，而童隸已呼為鎮惡郎。嘗住宣武齋頭。從徵枋頭，車騎沖沒陳，左右莫能先救。宣武謂曰：「汝叔落賊，汝知不？」石虔聞之，氣甚奮，命朱辟為副，策馬於數萬眾中，莫有抗者，徑致沖還，三軍嘆服。河朔後以其名斷瘧。

桓石虔，是司空桓豁的庶出長子，小名鎮惡。十七八歲時，還沒有被家族正式承認其身份，但家裏童僕們已經稱呼他「鎮惡郎」了。他曾住在桓溫的書房裏。後來跟隨桓溫一起北伐枋頭，戰鬥中，他的叔叔車騎將軍桓沖陷落在敵軍包圍之中，手下將士沒有能先去援救的。桓溫對桓石虔說：「你叔叔身陷敵陣，你知道嗎？」桓石虔聽後，意氣奮發，命令朱辟擔任副將，一同策馬衝入幾萬敵軍之中，沒人可抵擋，他一鼓作氣直接把桓沖救回來，三軍將士沒有不讚嘆心服。黃河以北地區的人後來就用他的名字來驅趕瘧疾鬼。

1. 指出以下句子中帶有橫線的字詞意思。（5 分）

(1) 嘗住宣武齋頭　　齋：＿＿＿＿＿＿

(2) 從徵枋頭　　從：＿＿＿＿＿＿

(3) 莫有抗者　　抗：＿＿＿＿＿＿

(4) 徑致沖還　　徑：＿＿＿＿＿＿

(5) 三軍嘆服　　服：＿＿＿＿＿＿

2. 根據文意，把以下的句子語譯為白話文。

(1)「汝叔落賊，汝知不？」石虔聞之，氣甚奮。（3 分）

＿＿＿＿＿＿＿＿＿＿＿＿＿＿＿＿＿＿＿＿

(2) 三軍嘆服。河朔後以其名斷瘧。（3 分）

＿＿＿＿＿＿＿＿＿＿＿＿＿＿＿＿＿＿＿＿

3. 根據文意，回答下列問題。

黃河以北地區的人為甚麼用桓石虔的名字來驅趕瘧疾鬼？這反映了甚麼？（4 分）

＿＿＿＿＿＿＿＿＿＿＿＿＿＿＿＿＿＿＿＿

總分：　　/15

十四、容止篇

儀容舉止

壹《牀頭捉刀人》

魏武將見匈奴使，自以形陋①，不足雄遠國②，使③崔季珪代，帝自捉④刀立牀頭。既畢，令間諜問曰：「魏王何如？」匈奴使答曰：「魏王雅⑤望⑥非常，然⑦牀頭捉刀人，此乃英雄也。」魏武聞之，追殺此使。

魏武帝曹操將要接見匈奴使者，他覺得自己形貌醜陋，不能威懾遠方的國家使者，就讓崔琰裝扮成魏王，代替自己接見，曹操自己則握着刀站在坐榻旁邊。接見完畢，曹操派間諜去問匈奴使者：「你覺得魏王怎麼樣？」使者回答說：「**魏王儀表堂堂，不同尋常，但是坐榻旁握刀的那個人，才是真英雄啊！**」曹操聽說之後，立即派人追殺了這個使者。

① **形陋：形貌醜陋。**
② **雄：稱雄，此處有威懾之意。**
③ **使：指使、讓。**
④ **捉：握、持。**
⑤ **雅：雅正高尚。**
⑥ **望：儀容風采。**
⑦ **然：但是。**

「憤怒」既可能帶來積極的改變，也可能導致不理智的行為。所以有人說憤怒是壞事，有人說憤怒是好事，有人說處理憤怒的情緒需要智慧……**試以「談憤怒」為題寫作文章一篇，談談你對憤怒的看法。**（參考 2017 DSE 卷二）

【夾敘夾議】

引入：憤怒是人類最原始的情緒之一，它既能成為推動改變的力量，也可能如烈火般摧毀一切。我們該如何看待憤怒？如何在憤怒中找到平衡？

【議】正面：憤怒可以激發行動，推動改變。憤怒常是對不公的反抗力量，例如馬丁・路德・金因對種族歧視的憤怒而推動民權運動。

【議】負面：憤怒會妨礙判斷力，導致錯誤決策，甚至造成不可挽回的後果。項羽攻入秦都咸陽後，因對秦朝的憤怒以及對秦王朝奢華生活的厭惡，下令焚燒阿房宮。這一行為不僅摧毀了大量文化遺產，也使得他失去了贏得民心的機會，最終影響了楚漢爭霸的局勢。

【敘】描述一次因憤怒而做出後悔行為的經歷。後來學會了通過冷靜思考、換位思考等方法控制憤怒。

總結：憤怒本身是一種自然情緒，關鍵在於如何處理。正確的處理方式可以讓憤怒成為改變的力量，而非破壞的根源。

學以致用

「楊修之死」

楊德祖為魏武主簿，時作相國門，始構榱桷，魏武自出看，使人題門作「活」字，便去。楊見，即令壞之。既竟，曰：「門中『活』，『闊』字。王正嫌門大也。」

人餉魏武一杯酪，魏武噉少許，蓋頭上題「合」字以示眾，眾莫能解。次至楊修，修便噉，曰：「公教人噉一口也，復何疑！」

楊修任曹操的主簿，當時正在搭建相國府的大門，剛剛搭好了屋椽。曹操親自去視察情況，讓人在門上寫了個「活」字，就離開了。楊修看見後，立刻命人把門拆了。拆了之後，他對大家解釋說：「這門中加個『活』字，就是『闊』字。魏王正是嫌門過於寬闊了。」

有人送給曹操一杯奶酪，曹操稍微吃了一點，就在奶酪的蓋子上寫了一個「合」字給眾人看，大家都不理解是甚麼意思。輪到楊修的時候，他直接打開蓋子吃了一口，說：「『合』即是『人一口』，魏王是讓大家每人吃一口，你們還猶豫甚麼！」

曹操討伐袁紹時，整理軍備，還剩下幾十斛竹片，但都只是幾寸長的。眾人說這些東西毫無用處，正要讓人拿去燒掉。曹操覺得燒掉太可惜了，正琢磨着怎麼善用這些竹片，靈機一動，覺得可以用來做竹盾牌，但是他沒有明顯地說出來。反而他派人騎馬趕去詢問主簿楊修的意見，楊修當即答覆了來人，結果和曹操的心思一樣。眾人都佩服楊修的機智敏捷。

曹操為人多疑，心思難測，而楊修總是能夠揣摩出他的用意，令曹操稱心滿意，可惜後來捲入立嗣鬥爭，最終引來了殺身之禍。

楊修博學多聞，才思敏捷，令人久仰。從曹丕到曹植，諸侯都爭相與他交好，希望能藉助他的智謀，然而此舉引起曹操的忌憚。楊修為曹植出謀劃策，試圖幫助他取得魏國太子之位。後來曹植失寵，曹操又認為楊修足智多謀，又是袁術的外甥，擔心有後患，因此藉故將其殺害。楊修可謂是曹丕和曹植爭奪繼承大權的犧牲品，他的悲慘命運只是說明了魏晉時代的殘酷與無情。

貳 美男子系列——嵇康、潘岳、衛玠

嵇康：嵇康身長七尺八寸，風姿特秀[①]。見者歎曰：「蕭蕭肅肅，爽朗清舉[②]。」或云：「肅肅如松下風，高而徐引[③]。」山公曰：「嵇叔夜之為人也，岩岩[④]若孤松之獨立；其醉也，傀俄[⑤]若玉山之將崩。」

潘岳：妙有姿容，好神情。少時挾彈出洛陽道，婦人遇者，莫不連手共縈[⑥]之。左太沖絕醜，亦復效岳遊遨，於是群嫗[⑦]齊共亂唾之，委頓[⑧]而返。

衛玠：驃騎王武子是衛玠之舅，俊爽有風姿。見玠，輒[⑨]歎曰：「珠玉在側，覺我形穢[⑩]。」

嵇康：嵇康身長七尺八寸，風度姿容美好出眾。見到他的人都讚嘆説：「風度瀟灑，開朗挺拔。」有人説：「**他瀟灑得就像是松林下的風，清高而舒緩。**」山濤説：「嵇叔夜的為人，品格高峻，如同孤松之岸然獨立；他在酒醉的時候，傾頹的樣子如玉山將要崩塌。」

潘岳：**潘岳姿態容貌秀美，神態風度優雅動人。**他少年時拿着彈弓在洛陽街上走，婦女們看到他，沒有不手拉着手圍住他的。左思長得極其醜陋，他也仿效潘岳，到街上去遊逛，於是婦女們一齊朝他亂吐唾沫，左思被弄得垂頭喪氣地回家。

衛玠：驃騎將軍王濟是衛玠的舅父，長得英俊瀟灑，風流倜儻。他看到衛玠，總是讚嘆説：「**就像珍珠美玉在我旁邊，相比之下，我都不免感到自慚形穢。**」

① **風姿特秀：儀態風度美好出眾。**
② **爽朗清舉：開朗秀拔。**
③ **高而徐引：原謂松下之風，清高而舒緩，此借喻人意態高雅，行止從容。**
④ **岩岩：高峻貌。此以孤松獨立比喻嵇康品格高峻。**
⑤ **傀俄：形容傾頹的樣子。**
⑥ **縈：圍繞。**
⑦ **嫗：婦人。**
⑧ **委頓：委靡疲頓，即垂頭喪氣。**
⑨ **輒：總是。**
⑩ **覺我形穢：感覺到自己姿容醜陋，後演化為成語：自慚形穢。**

美男子與蘇軾《念奴嬌．赤壁懷古》

嵇康、潘岳、衛玠與周瑜都是中國古代的美男子。蘇軾的《念奴嬌．赤壁懷古》一詞，對周瑜的形象進行了生動描繪，使我們得以一窺其英姿雄健、風度翩翩之貌。「雄姿英發，羽扇綸巾，談笑間，檣櫓灰飛煙滅」簡單幾句生動地刻畫了周瑜身姿挺拔，氣宇軒昂，手持羽扇，談笑之間，便輕易地擊敗了敵軍，展現了周瑜剛毅果敢與儒雅的風度。周瑜之美，不僅在於其外貌的英俊，更在於其內在的智慧與勇氣。

令人惋惜的是這些美男子，都如同夜空中驟然劃過的流星，短暫而耀眼。嵇康作為竹林七賢中的領軍人物，才情出眾，最後含冤而死，年僅四十；衛玠，風姿綽約，但身體羸弱多病，未及而立之年，二十七歲便不幸離世；周瑜，英姿勃發，羽扇輕搖間便能運籌帷幄，決勝千里，然而天妒英才，他年僅三十六歲便英年早逝，未能親眼見證東吳的鼎盛時期，這實在是一件令人嘆惋不已的事情。（參考指定文言經典——蘇軾《念奴嬌．赤壁懷古》）

文言文練習（十三）

石頭事故，庾亮投奔陶侃求救

石頭事故，朝廷傾覆。温忠武與庾文康投陶公求救。陶公云：「肅祖顧命不見及。且蘇峻作亂，釁由諸庾，誅其兄弟，不足以謝天下。」於時庾在温船後，聞之，憂怖無計。別日，温勸庾見陶，庾猶豫未能往。温曰：「溪狗我所悉，卿但見之，必無憂也。」庾風姿神貌，陶一見便改觀，談宴竟日，愛重頓至。

石頭城事變（蘇峻之亂）後，朝廷被顛覆了，温嶠和庾亮投奔到陶侃求救。陶侃說：「先帝遺詔中指定的顧命大臣沒有提及我。況且蘇峻作亂，事情引起的緣由在於庾家人，殺了庾家兄弟，也不足夠向天下人謝罪。」此時庾亮在温嶠船後，聽到這話，又擔心又害怕，想不出辦法。後來某一天，温嶠勸庾亮去見陶侃，庾亮還猶豫不決，不敢前往。温嶠說：「陶侃那個溪狗我很了解，你只管去見他，一定不會有問題的。」庾亮的風度姿態和神情相貌，使陶侃一見之後，立即改變了原先的看法。兩人暢談歡宴了一整天，陶侃對庾亮的喜愛和看重立刻達到頂點。

1. 指出以下句子中帶有橫線的字詞意思。（5 分）

   (1) 温忠武與庾文康投陶公求救　　投：________

   (2) 釁由諸庾　　釁：________

   (3) 不足以謝天下　　謝：________

   (4) 溪狗我所悉　　悉：________

   (5) 愛重頓至　　頓：________

2. 根據文意，把以下的句子語譯為白話文。

   (1) 釁由諸庾，誅其兄弟，不足以謝天下。（3 分）

   ____

   (2) 庾風姿神貌，陶一見便改觀，談宴竟日，愛重頓至。（3 分）

   ____

3. 根據文意，回答下列問題。

   為何陶侃會改變他對庾亮的看法？（4 分）

   ____

總分：　　/15

《戴淵改邪歸正》

戴淵少時遊俠，不治行檢①，嘗在江淮間攻掠商旅。陸機赴假②還洛，輜重③甚盛，淵使少年掠劫。淵在岸上，據④胡牀指麾⑤左右，皆得其宜。淵既神姿峰穎，雖處鄙事，神氣猶異。機於船屋上遙謂之曰：「卿才如此，亦復作劫邪？」淵便泣涕，投劍歸機，辭厲非常，機彌重之⑥，定交⑦，作筆薦焉。過江⑧，仕至征西將軍。

戴淵年輕時，是個遊俠，不修養品行，曾經在江淮地區搶劫商人和旅客的財物。陸機休假完畢，返回洛陽，路上攜帶很多行李。戴淵便指使一幫少年們去搶劫，他自己則在岸上，伸開兩腿，踞坐在椅子裏，指揮嘍囉們，事情都安排得非常妥帖。**戴淵風度翩翩，出類拔萃，即便做的是卑劣勾當，但神采還是讓人驚異。**陸機在船棚中遠遠地對他説：「閣下才能如此傑出，為甚麼還要做強盜呢？」戴淵聽了以後就哭泣流淚，丟掉寶劍，投靠了陸機。戴淵言辭犀利，非同尋常，陸機更加看重他，兩人結交成朋友；陸機還寫信推薦戴淵做官。過江後，戴淵官至徵西將軍。

① **行檢：操行、品行。**
② **赴假：銷假回任。**
③ **輜重：行裝、行李。輜，一種有帷蓋可載重的車。**
④ **據：伸腿垂足而坐。**
⑤ **指麾：指令、調遣。**
⑥ **彌重：更加看重。彌：更加。重：看重。**
⑦ **定交：確立交誼。**
⑧ **過江：渡過長江，特指晉元帝司馬睿過江建立東晉王朝。**

這段故事展現了戴淵從遊俠惡少到受到感化，並成就一番事業的轉變過程，同時也體現了陸機的慧眼識人。**試以「談機遇」為題寫作文章一篇，談談你的看法。**（參考 2017 DSE 卷二 題三 「談憤怒」）

【多角度議論】

- **分論點一**：機遇是偶然出現的，若能抓緊這個機遇，對人生會有翻天覆地的改變。

  論據一：戴淵原本是個遊俠惡少，搶劫掠奪，行徑卑劣。陸機的出現成為他人生的轉折點，從一個強盜轉變為一名將軍，徹底改變了他的命運。

- **分論點二**：機遇需要被把握，若缺乏改變的決心，即使機遇來臨，也可能徒然錯過。

  論據二：戴淵在陸機的提醒下，立即悔悟，拋棄過去的行為，投靠陸機，展現出他願意改變的決心。

- **分論點三**：機遇留給有準備的人，只有具備相配的能力與態度，才能在機遇來臨時脫穎而出。

  論據三：戴淵雖然行為不檢，但他言辭犀利、才華出眾，這些內在的優勢才是使他能夠迅速得到陸機的賞識，並最終被推薦進入仕途。

「祖逖斥王敦」

王大將軍始欲下都處分樹置，先遣參軍告朝廷，諷旨時賢。祖車騎尚未鎮壽春，瞋目厲聲語使人曰：「卿語阿黑，何敢不遜！催攝面去！須臾不爾，我將三千兵槊腳令上。」王聞之而止。

祖逖，晉朝名將，他年少時便心懷壯志，聞雞起舞，練就了一身好武藝。渡江之後，祖逖目睹國家北方大片疆土淪陷，山河破碎，內心悲痛萬分，他決心收復舊河山。然而，晉元帝司馬睿僅僅撥給他一千名士兵、三千匹布作為北伐的物資，鎧甲和兵器一概沒有提供，讓他自己想辦法去招募兵馬。但祖逖並未被困難嚇倒，最終成功收復了黃河以南的大片土地。

正當他打算乘勝追擊，繼續北伐時，王敦與朝廷之間的矛盾日益尖鋭。晉元帝司馬睿覺得王敦手握六州軍事大權，對朝廷有威脅，便派重兵防王敦。王敦則打算領兵沿長江東下建康（今南京）清除異己。他先派參軍去報告朝廷，還對當時的士大夫們暗示自己有奪權的意圖。祖逖當時憂慮內亂爆發，北伐難成，疾言厲色斥責王敦的使者道：「你回去告訴阿黑（王敦的小名），怎麼敢這麼放肆！叫他趕緊回去！倘若拖延片刻，我就要率領三千兵馬，用長矛刺他的腳，把他趕回去。」王敦聽後，就打消了原來的念頭。祖狄雖暫時遏制王敦叛亂的企圖，自己卻遭到晉元帝司馬睿的猜忌，北伐大業功敗垂成，最終飲恨病逝。祖逖死後，王敦再無忌憚，發動了政變，史稱「王敦之亂」。

這就是成語「聞雞起舞」的由來。

祖逖出身北方大族，雖然西晉滅亡，他可以跟隨晉室東渡長江來到建康（今南京）偏安一隅，但他不願苟且偷安，不貪戀安定舒適的生活，一心收復舊河山。可惜，因戰功卓著，受到當政者的猜忌，最後在憂憤交加中病逝。祖逖死後，百姓痛哭流涕，為祖逖修祠堂，紀念這位熱愛祖國、不畏強敵的愛國名將。

十六、企羨篇

敬仰思慕

《神仙中人王恭》

孟昶未達①時，家在京口②，嘗見王恭乘高輿③，被④鶴氅裘⑤。於時微雪，昶於籬間⑥窺之，嘆曰：「此真神仙中人！」

孟昶在還沒有得志的時候，家住京口。他曾經看到王恭坐在高高的車子上，身披鶴氅裘。當時正下小雪，孟昶在竹籬笆間偷看王恭，讚嘆説：「**這真是神仙般的人物！**」

① **達：得志顯貴。**
② **京口：地名，今江蘇鎮江。**
③ **高輿：高車。**
④ **被：穿着、披上。**
⑤ **鶴氅裘：用鶴類羽毛制成的外套。**
⑥ **籬間：指籬笆的間隙。**

君子的修養和品格

雖然身份地位在一定程度上能夠決定一個人的生活方式和社交圈子，但真正的優雅和風度，取決於一個人的內心修養和品格。孔子曰：「志士仁人，無求生以害仁，有殺身以成仁。」君子不惜犧牲生命以成全仁德。又如「學而時習之，不亦説乎？」君子對學問有着無盡的追求，以學習為樂。所以**無論身處何種境地，我們都要像君子一樣，時刻保持一顆謙遜、善良、有追求的心，努力成為一個更好的自己。**（參考指定文言經典——《論語》）

文言文練習（十四）

周處除三害

周處年少時，凶強俠氣，為鄉裏所患，又義興水中有蛟，山中有邅跡虎，並皆暴犯百姓，義興人謂為「三横」，而處尤劇。或説處殺虎斬蛟，實冀三橫唯餘其一。處即刺殺虎，又入水擊蛟。蛟或浮或沒，行數十里，處與之俱。經三日三夜，鄉裏皆謂已死，更相慶，竟殺蛟而出。聞里人相慶，始知為人情所患，有自改意。乃自吳尋二陸，平原不在，正見清河，具以情告，並云欲自修改而年已蹉跎，終無所成。清河曰：「古人貴朝聞夕死，況君前途尚可。且人患志之不立，亦何憂令名不彰邪？」處遂改勵，終為忠臣孝子。

周處年輕時，兇狠霸道，意氣用事，是鄉里的禍害。另外，義興郡的河裏有條蛟龍，山上有隻跛腳虎，都是危害百姓的，義興人稱他們為「三橫」，其中周處的危害最嚴重。有人勸説周處去殺虎斬蛟，實際上是希望三橫只剩下一個。周處就立即刺殺了老虎，又下水去擊殺蛟龍。蛟龍有時浮出水面，有時沉入水底，游了幾十里，周處始終和蛟龍纏在一起。經過三天三夜，鄉親們都以為他已經死了，就互相慶賀。不料周處竟殺死了蛟龍，從水裏出來了。他聽聞鄉親們互相慶賀他的死，才知道自己為人們所厭惡，自從開始有了悔改的想法。於是他到吳郡去尋訪陸機、陸雲兄弟，當時陸機不在，只見到陸雲。周處把所有過去的事全部告訴了陸雲，並且表達自己想改過自身，但自己已經白白浪費了不少年華，恐怕最終沒有甚麼成就。陸雲説：「古人重視朝聞道夕可死，何況您的前途還大有可為呢。而且人就怕不立志，又何必擔心美名得不到顯揚呢？」於是，周處就努力改過自新，重新振作起來，最終成為忠臣孝子。

1. 指出以下句子中帶有橫線的字詞意思。（5 分）

(1) 而處尤<u>劇</u>　　劇：＿＿＿＿＿＿

(2) 或<u>説</u>處殺虎斬蛟　　説：＿＿＿＿＿＿

(3) 處與之<u>俱</u>　　俱：＿＿＿＿＿＿

(4) 始知為人情所<u>患</u>　　患：＿＿＿＿＿＿

(5) <u>具</u>以情告　　具：＿＿＿＿＿＿

2. 根據文意，把以下的句子語譯為白話文。

(1) 處即刺殺虎，又入水擊蛟。蛟或浮或沒，行數十里。(3 分)

____

(2) 具以情告，並云欲自修改而年已蹉跎，終無所成。(3 分)

____

3. 根據文意，回答下列問題。

這個故事傳達了甚麼人生哲理？（4 分）

____

____

____

總分：　　/15

壹《張翰弔顧榮》

顧彥先平生好琴，及喪，家人常以琴置靈牀上。張季鷹往哭之，不勝其慟[①]，遂徑上牀鼓琴，作數曲竟，撫琴曰：「顧彥先頗[②]復賞此不？」因又大慟，遂不執孝子手[③]而出[④]。

顧榮平生喜愛彈琴，去世之後，家裏人常常把琴放在他的靈牀上。張翰前往哭祭，悲痛不能自已，就直接坐上牀彈琴，彈完了幾曲，他撫摸着琴説：「顧彥先還能再欣賞這些琴曲嗎？」**因而又痛哭起來，竟未按常禮握孝子的手就離開了。**

① 慟：痛哭，極度悲哀。
② 頗：可，與句末「不」相呼應，表示疑問。
③ 不執孝子手：不握孝子之手，表示極度悲傷，無心顧及常禮。孝子，指居父母喪者。魏晉時喪禮，凡弔唁須執喪主之手。
④ 出：離開。

《論語》中的「生事之以禮；死葬之以禮，祭之以禮」，強調人生的各個階段都應該按照禮儀來行事。文中張翰無疑觸及了喪禮的禁區。在日常生活中，有各種各樣的禁區。**試就個人的想像或思考，以「禁區」為題，寫作文章一篇。**（參考 2018 DSE 卷二 題二）

【過去 —— 現在 —— 未來】

- **【過去】**禁區的存在往往有其原因和意義。在自然保護區中，設立禁區是為了保護珍稀物種和生態環境；在核電站周圍，設立禁區是為了保障人們的安全；在文物古蹟區，設立禁區是為了保護歷史遺產。然而，並非所有禁區都是合理的。有些禁區是由偏見、誤解或過時的觀念所建立，反而阻礙了社會的進步和個人的發展。
- **【現在】**禁區是會隨着時代發展而不斷重構，許多曾經的社會禁區如今已成為常態：女性參政曾是禁區，如今女性議員比比皆是；公開討論性教育曾是禁區，如今已納入學校課程；環保議題曾被視為阻礙發展的禁區，如今成為社會共識。同時，新的禁區也在形成：過度使用塑膠製品、無節制消費、侵犯隱私等。這種演變反映了社會價值觀的進步與調整。
- **【未來】**面對新舊禁區的交替，我們應該理性看待各種禁區，尊重必要的界限，但也要有勇氣挑戰那些不合理的禁區。

「看殺衛玠」

衛玠始度江，見王大將軍。因夜坐，大將軍命謝幼輿。玠見謝，甚說之，都不復顧王，遂達旦微言，王永夕不得豫。玠體素羸，恆為母所禁；爾夕忽極，於此病篤，遂不起。

衛玠從豫章至下都，人久聞其名，觀者如堵牆。玠先有羸疾，體不堪勞，遂成病而死。時人謂「看殺衛玠」。

河東衛氏，是中國書法史上的名門望族。衛玠的曾祖父衛覬、祖父衛瓘，皆精通隸書與章草；衛瓘之子衛恆擅長草書，兼學隸、篆；衛夫人（衛鑠）更是王羲之的書法老師。

衛玠是魏晉有名的美男子，也是聲名遠播的名士及玄理學家。王濟是衛玠的舅舅，長得英俊瀟灑，風流倜儻。他見到衛玠時，總是讚嘆說：「珠玉在旁，我都不免感到自慚形穢！」衛玠善於清談，但身體素來羸弱，丞相王導看見衛玠，也不禁感嘆：「身形如此消瘦柔弱，即使終日調理，好像連那又輕又薄的羅綺衣裳（絲綢衣服）也難以承受。」

西晉滅亡後，衛玠舉家南遷。他先在江夏（今武漢）住了兩年，之後投奔大將軍王敦。王敦與謝鯤早就仰慕衛玠的大名，晚上對坐清談時，相談甚歡，通宵達旦。然而，這一夜的徹夜長談，讓衛玠身心俱疲，從此病勢加劇，一病不起。衛玠到建康時，人們久仰其名，來看他的人太多，圍得水洩不通，形成了一堵人牆。衛玠本就體弱多病，哪裏經得起這樣的折騰，身體不堪重負，最終一病不起，終年二十七歲。當時的人戲稱此為「看殺衛玠」，意指大家慕名來看衛玠，成為壓死駱駝的最後一根稻草，令人扼腕嘆息。

這就是成語「自慚形穢」、「弱不勝衣」的由來。

除了衛玠，嵇康、王衍、裴楷、何晏、潘岳、夏侯湛等都是魏晉的美男子。

魏晉的美男子，美在外表容貌並不足夠，風度才學更為重要。因此，魏晉名士一生都追求超凡的玄學智慧與文學素養，盡顯其風流才蘊。一個人的魅力，外在美固然重要，內在美方能經久不衰。

貳《王珣哭弔謝安》

王東亭與謝公交惡[①]。王在東聞謝喪，便出都[②]，詣子敬，道欲哭謝公。子敬始臥，聞其言，便驚起，曰：「所望於法護[③]。」王於是往哭。督帥刁約不聽前[④]，曰：「官[⑤]平生在時，不見此客。」**王亦不與語，直前哭，甚慟，不執末婢[⑥]手而退。**

東亭侯王珣與謝安關係交惡。王珣在東邊聽到謝安去世的消息，就趕到京都，去拜訪王獻之，說自己想去弔唁謝安。王獻之起初躺着，一聽這話就吃驚地起身，喊着王珣的小名說：「法護，這也是我希望你做的。」王珣於是就到謝府去弔唁。謝安手下帶兵的督帥刁約不許王珣上前弔唁，說：「謝大人生前，就不見這位客人。」**王珣也不跟他說話，直接向前哭祭，哭得悲痛不已**，難過到沒有執謝安幼子謝琰之手就告退了。

① 交惡：互相憎恨。
② 出都：趕到京都。出：赴，到。
③ 法護：王珣小名。
④ 不聽前：不讓上前。
⑤ 官：稱長官、上司，此指謝安。
⑥ 末婢：謝安少子謝琰，小名末婢。

君子之交「和而不同」

王珣即使與謝安生前有矛盾，心中依然保持着基本的尊重與禮節，不因私怨而忘公義，不因交惡而失禮度，這充分體現了「君子之交」的精神。同時，王獻之對王珣的支持，以及王珣堅持前去表達哀思的行為，也彰顯了「和而不同」的理念。**這提醒我們在人際交往中應當保持真誠、尊重和理解的態度，同時也要學會在差異中尋求和諧。**（參考指定文言經典——《論語》）

文言文練習（十五）

許允婦保兒子

許允為晉景王所誅，門生走入告其婦。婦正在機中，神色不變，曰：「蚤知爾耳！」門人欲藏其兒，婦曰：「無豫諸兒事。」後徙居墓所，景王遣鍾會看之，若才流及父，當收。兒以咨母，母曰：「汝等雖佳，才具不多，率胸懷與語，便無所憂。不須極哀，會止便止。又可少問朝事。」兒從之。會反，以狀對，卒免。

許允被晉景王司馬師殺害了，他的門生走進來告訴他的妻子。許妻正在織機上織布，神色不變，說：「早知道會如此的！」門人想把許允的兒子藏起來，許妻說：「這不會牽涉到孩子們。」後來許允的妻兒搬到許允的墓地居住，司馬師派鍾會去看望他們，說如果發現孩子們的才華風度能趕得上父親，就要把他們抓捕起來。許允的兒子去與母親商量，母親說：「你們雖然很好，但是才華還不夠，只要直率地隨心所想和他們交談，就沒有甚麼好擔心的。不用表現出過度的悲傷，鍾會不哭，你們也不哭。還可以稍微問一些朝廷上的事。」兒子們依照母親的話去做。鍾會回去之後，把情況報告給司馬師，許允的兒子最終免掉禍患。

1. 指出以下句子中帶有橫線的字詞意思。（5 分）

   (1) 蚤知爾耳　　爾：__________

   (2) 後徙居墓所　　徙：__________

   (3) 兒以咨母　　咨：__________

   (4) 兒從之　　從：__________

   (5) 卒免　　卒：__________

2. 根據文意，把以下的句子語譯為白話文。

   (1) 婦正在機中，神色不變，曰：「蚤知爾耳！」（3 分）

   ____

   (2) 汝等雖佳，才具不多，率胸懷與語，便無所憂。（3 分）

   ____

3. 根據文意，回答下列問題。

司馬師派人去察看許允的妻兒，他的目的是甚麼？故事中展現了許允的妻子甚麼樣的智慧和品質？（4 分）

____

____

____

總分：　　/15

《王徽之、王獻之相繼而死》

王子猷、子敬俱病篤[①]，而子敬先亡。子猷問左右：「何以都不聞消息？此已喪矣。」語時了[②]不悲。便索輿來奔喪[③]，都不哭。子敬素好琴，便徑入坐靈牀上，取子敬琴彈，弦既不調[④]，擲[⑤]地云：「子敬，子敬，人琴俱亡！」因慟絕良久。月餘亦卒。

王徽之、王獻之兄弟倆都病得很重，而獻之先去世。有一天，徽之問身邊的侍者說：「為甚麼最近都聽不到子敬的消息？看來，他已經去世了。」說話的時候，徽之一點也不悲傷。隨後，他就吩咐備車去奔喪，也不哭。王獻之平生喜愛彈琴，徽之就直接進去，坐上靈牀，取過獻之的琴來彈奏，琴弦已經調不準了，他就把琴擲在地上，說：「**子敬，子敬！人和琴都不復存在了！**」於是悲痛到暈厥，過了好一會兒才蘇醒。之後過了一個多月，王徽之也離開了人世。

① **篤：（病）重。**
② **了：完全，多用於否定詞前。**
③ **索輿：吩咐備車。**
④ **調：和諧、協調。**
⑤ **擲：丟、扔。**

王徽之面對弟弟王獻之的死亡，表面上不悲傷，直到看見調不準的琴弦時才崩潰。這把琴是兄弟情感連結的象徵物，當琴弦不再能發出美妙音樂時，王徽之才真正感受到失去兄弟的痛苦。很多時候事物的價值不在於本身，而在於它所承載的記憶與感情，因為事物可以作為記憶載體，承載着人與人之間的共同回憶。**試以「我最想尋回的一樣東西」為題，寫作文章一篇。**（參考 2024 DSE 卷二 題一）

起：最想尋回外婆留給我的一本手抄食譜。那是一本不起眼的筆記本，紙張已泛黃，邊緣有些磨損。外婆一生勤儉持家，烹飪手藝卻是一絕。每逢節日，她總會準備一桌豐盛的菜餚，那獨特的味道成為了我童年最美好的記憶。

承：在我十八歲生日那天，她將這本食譜鄭重地交到我手中，並希望我把她一輩子的心血傳承下去。但那時年少輕狂的我，並未真正理解它的意義。直到去年搬家時，在整理物品的混亂中，這本食譜不知所蹤。

轉：我起初並未太在意，但隨着時間推移，它依然杳無音訊。當外婆離世後，我才真正明白，我失去的不僅是一本筆記，更是與外婆之間最後的連結，是她傾注心血想要傳承給我的家族記憶。我開始瘋狂地尋找卻尋而不得。

合：如今，我決定不再只是沉浸在失去的痛苦中，而是買來一本新的筆記本，試圖重建那些記憶中的味道。每當我站在廚房，手握鍋鏟時，彷彿能感受到外婆的靈魂在身邊指導我。那本食譜或許永遠找不回來了，但外婆的愛和智慧，卻已經深深地烙印在我的心中。如今，我最想尋回的不只是那本食譜，更是那份珍視親情、傳承文化的初心。

「支道林失知音」

支道林喪法虔之後，精神實喪，風味轉墜。常謂人曰：「昔匠石廢斤於郢人，牙生輟弦於鐘子，推己外求，良不虛也。冥契既逝，發言莫賞，中心蘊結，余其亡矣！」卻後一年，支遂殞。

支道林，東晉名僧，在他的同學法虔離世後，他深受打擊，精神萎靡不振，往昔那超凡的氣質風采也隨之漸漸消散。他時常向旁人感慨道：「從前匠石因為知音郢人的逝去而廢棄斧子不用；伯牙因為知音鍾子期亡故而斷弦碎琴，從我自己喪失好友的心情來推論，這種感受確實如此。那與我心靈契合的知己已離世，我說的話再也無人懂得，心裏鬱悶難解，我大概也命不久矣！」果不其然，一年後，支道林也追隨摯友而去，給世間留下了一段令人扼腕嘆息的友情佳話。

莊子去送葬，路過惠子的墓地，回頭對跟隨的人說：「楚國的郢都有一個人，在刷牆時，鼻尖上抹上了像蒼蠅翅膀一樣大的白灰，他讓一個叫匠石的人用斧頭把白灰砍掉。匠石揮起斧子像一陣風似的，郢人穩穩地站着，面不改色，任憑他去砍。白灰被砍得乾乾淨淨，而鼻子毫無損傷。宋國國君聽說了這件事，召來匠石說：『請你為我再表演一次。』匠石說：『現在不行了。那個敢讓我砍的郢人已經死去很久了。』」

郢匠揮斤不僅是表現匠石技藝的高超，也是郢人對匠石充分的信任。莊子想藉此故事懷念那個站在濠水橋上跟他說「子非魚，安知魚之樂」的辯論對手——惠子。惠子死後，莊子慨嘆再也找不到可以對談的人了。

這故事就是成語「運斤成風」的由來。

十八、棲逸篇
隱逸山林

《阮籍擅嘯》

阮步兵嘯[①]聞數百步。蘇門山中，忽有真人，樵伐者咸共傳説。阮籍往觀，見其人擁膝巖側。籍登嶺就之，箕踞[②]相對。籍商略[③]終古[④]，上陳黃農玄寂之道，下考三代盛德之美，以問之，仡然不應。復敘有為之教[⑤]，棲神導氣[⑥]之術以觀之，彼猶如前，凝矚不轉。籍因對之長嘯。良久，乃笑曰：「可更作。」籍覆嘯。意盡，退還半嶺許，聞上（口酋）然有聲，如數部鼓吹[⑦]，林谷傳響，顧看，乃向人[⑧]嘯也。

阮籍善嘯，嘯聲能傳到幾百步。蘇門山中，忽然來了個得道真人，樵夫們都這樣傳説。阮籍便去尋訪，看到那個真人抱膝坐在山巖旁邊。阮籍就登上山嶺去接近他，對着他岔開雙足，箕踞而坐。和他商討古代的史事，**上説黃帝、神農時代的玄虛之道，下講夏、商、周三代德政之美**，阮籍拿這些問他，那人只是昂着頭，並不應答。阮籍接着再敘説儒家學説，養神導氣的道家修煉術，用以觀察他的反應，那個人仍然像原先一樣，兩眼注視，目不轉睛。阮籍就對他長嘯。過了好一會兒，那人笑着説：「可以再來一次。」阮籍再次長嘯。待到意興闌珊，阮籍便退下來，差不多回到半山腰處，聽到山頂上眾音齊鳴，如同幾部鼓吹同時奏起，山林幽谷都傳來回聲。阮籍回頭一看，正是先前那人在長嘯。

① **嘯：吹口哨，魏晉間倨傲狂放之士多好此道。**
② **箕踞：坐時兩足岔開，形似簸箕，一種倨傲輕慢的坐姿。**
③ **商略：商討。**
④ **終古：此指古昔之事。**
⑤ **有為之教：有所作為的教義，指儒家學說。**
⑥ **棲神：凝定心神。導氣：攝氣運息的養生術。這些是道家的修煉方法。**
⑦ **鼓吹：樂名，主要樂器有鼓、鉦、簫、笳。**
⑧ **向人：剛才那個人。**

阮籍與柳宗元

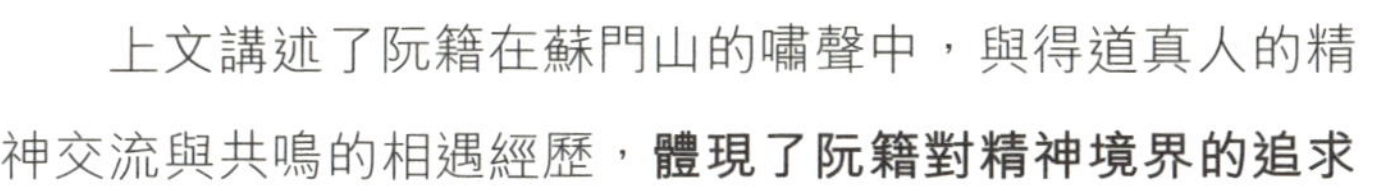

上文講述了阮籍在蘇門山的嘯聲中，與得道真人的精神交流與共鳴的相遇經歷，**體現了阮籍對精神境界的追求和對自然的嚮往**。而柳宗元的《始得西山宴遊記》中，記錄了他被貶永州後，偶然發現西山的經歷，表達了他為西山的自然美景所震撼，心中淤積的愁苦隨風而去，**形體與心神都得到了前所未有的解放，彷彿與天地萬物融為了一體**。（參考指定文言經典——柳宗元《始得西山宴遊記》）

文言文練習（十六）

劉驎之行善

南陽劉驎之，高率善史傳，隱於陽岐。於時苻堅臨江，荊州刺史桓沖將盡訏謨之益，徵為長史，遣人船往迎，贈貺甚厚。驎之聞命，便升舟，悉不受所餉，緣道以乞窮乏，比至上明亦盡。一見沖，因陳無用，翛然而退。居陽岐積年，衣食有無，常與村人共。值己匱乏，村人亦如之。甚厚為鄉閭所安。

南陽人劉驎之，為人高雅率真，熟悉史事，隱居在陽岐。當時，苻堅大軍逼近長江，荊州刺史桓沖想要施展遠大的謀略，就聘請劉驎之為長史，派人開船去迎接他，並且贈送的賞賜非常厚重。劉驎之聽到任命，就登船出發，對於桓沖所贈的賞賜全都沒有自己收下，而是沿路分送給窮苦困乏的人，等到達上明，賞賜也都送完了。他一見桓沖，就陳述自己是無用之人，然後就無拘無束地辭退職務。劉驎之在陽岐村居住多年，衣服和食物不論有多少，都常和村民共同分享。遇到他自己窮困短缺時，村民也像他那樣幫助他。鄉里人和他相處得十分融洽安樂。

1. 指出以下句子中帶有橫線的字詞意思。（5 分）

   (1) 遣人船往迎　　遣：________

   (2) 贈貺甚厚　　貺：________

   (3) 悉不受所餉　　悉：________

   (4) 悉不受所餉　　餉：________

   (5) 緣道以乞窮乏　　乞：________

2. 根據文意，把以下的句子語譯為白話文。

   (1) 遣人船往迎，贈貺甚厚。驎之聞命，便升舟。（3 分）

   ____

   (2) 居陽岐積年，衣食有無，常與村人共。（3 分）

   ____

3. 根據文意，回答下列問題。

   劉驎之在故事中的行為反映了他有甚麼人生觀？（4 分）

   ____

總分：　　/15

十九、賢媛篇
賢惠女子

壹《王昭君遠嫁匈奴》

漢元帝宮人既多，乃[1]令畫工圖之，欲有呼者，輒披[2]圖召之。其中常者[3]，皆行貨賂。**王明君姿容甚麗，志不苟求[4]，工遂毀為其狀**。後匈奴來和，求美女於漢帝，帝以明君充行[5]。既召見而惜之，但名字已去，不欲中改，於是遂行。

漢元帝後宮有很多宮女，就讓畫工描繪下她們的相貌，元帝想召喚哪個宮女，就翻閱畫卷再召喚。宮女中姿色平庸的，都向畫工行賄。**王明君姿態容貌非常美麗，但她不肯苟且乞求畫工，畫工就故意把她的容貌醜化**。後來，匈奴前來和親，向漢元帝請求賞賜美女，元帝就讓王明君充當宗室女嫁出。元帝召見明君後，看到她那麼美麗，又捨不得了。但是王明君的名字已經送往匈奴，不好中途再更改，於是王明君就去了。

① 乃：於是、就。
② 披：翻閱。
③ 中常者：中等的、平常的，此指宮女之姿色平庸者。
④ 苟求：苟且乞求。苟：苟且、隨便。
⑤ 充行：充當宗室女出嫁。

王昭君因拒絕行賄畫工而被醜化，就如被「泥土」遮掩了她外貌之美。然而，她內心的高尚品德卻是更珍貴的「寶物」，即使被誤解和埋沒，也未曾被泥土真正掩蓋。當元帝召見她時，她的真實美貌和品格終於顯露，讓人不禁讚嘆她堅守本心。正如《論語》所言：「富與貴，是人之所欲也；不以其道得之，不處也。」昭君之美，不僅在於外貌，更在於其內心之高尚，堅守本心。**試以「藏在泥土中的寶物」為題，寫作文章一篇。**（參考 2025 DSE 卷二 題一）

【一波三折】

- **【一轉折】**作為一位才華橫溢但不善逢迎的陶塑學徒，因為不願討好師傅而多次無法取得參賽資格，甚至被派去做清理工作，在泥土堆中度日，眼看着自己的**作品與希望都被掩埋**；
- **【二轉折】**然而我並未因此放棄，反而在日復一日不斷嘗試重塑失敗作品，直到一位路過的旅人發現了我的作品，推薦我參加比賽，儘管他建議我向評委送禮以確保好成績，但經過內心掙扎，我依然選擇堅持純粹的藝術追求；
- **【三轉折】**比賽後，我的作品雖未得獎，卻意外吸引了一位國際知名藝術評論家的注意，獲邀參加國際展覽。因僅能承擔得起最低規格的展覽位，作品被安排在不起眼的角落，但它們精湛的工藝與深刻的內涵還是吸引了越來越多欣賞者的目光。
- **【領悟】**這讓我明白，**再厚的泥土都無法永遠掩蓋真正的寶物，堅守品格、不向困境低頭的人，終將成為最後的贏家**。

中心論點：「藏在泥土中的寶物」象徵那些被誤解或埋沒的內在價值與品德，儘管一時被遮掩，但終究會被發現和讚頌。

- 分論點一：**真正的寶物不在於外在的光鮮，而在於內心的高潔與品德。**
  古有王昭君因畫工的醜化而被掩蓋的美貌，但她拒絕行賄的高尚品德卻讓她成為後世敬仰的典範。現今社會則有中國科學家屠呦呦，她在研究青蒿素的過程中，並未因當時的輿論壓力而動搖，而是默默堅持自己的研究方向，最終讓她成為首位獲得諾貝爾獎的中國科學家。內在的價值雖然可能一時被埋沒，但它的光芒終將穿透泥土，為世人所見。

- 分論點二：**泥土的遮掩或許會讓寶物暫時被忽視，但真正的價值無法被長久掩蓋。**
  荷蘭畫家梵高生前被認為是毫無天賦的畫家，他的作品如同被泥土掩蓋的寶物，未曾被世人發現。然而，他的畫作在其去世後展現出無與倫比的藝術價值，成為世界藝術史上的瑰寶。外在的遮掩只是暫時的，真正的寶物終會被時間證明。

- 分論點三：**當面對泥土的遮掩時，堅守本心是關鍵**。
  特斯拉創辦人埃隆・馬斯克在創業初期，面臨資金短缺和技術質疑，但他始終堅持自己的夢想，致力於推動新能源技術的發展。如今，特斯拉成為新能源汽車的領導者，而馬斯克也被公認為改變世界的企業家。堅守本心能讓我們在困境中挖掘出內心的寶物，成就真正的價值。

學以致用

「許允娶醜婦」

許允婦是阮衛尉女，德如妹，奇醜。交禮竟，允無復入理，家人深以為憂。會允有客至，婦令婢視之，還答曰：「是桓郎。」桓郎者，桓範也。婦云：「無憂，桓必勸入。」桓果語許云：「阮家既嫁醜女與卿，故當有意，卿宜察之。」許便回入內，既見婦，即欲出。婦料其此出，無復入理，便捉裾停之。許因謂曰：「婦有四德，卿有其幾？」婦曰：「新婦所乏唯容爾。然士有百行，君有幾？」許云：「皆備。」婦曰：「夫百行以德為首，君好色不好德，何謂皆備！」允有慚色，遂相敬重。

許允的妻子出身名門，是衛尉卿阮共的女兒，阮侃的妹妹，容貌長得非常醜。結婚之日，行交拜禮後，許允卻心生嫌惡，不打算去新房，家裏人都十分擔憂。這天正好有位客人來看望許允，新娘便叫婢女去看看是誰，婢女回報說：「是桓郎。」桓郎就是桓範，世人稱他為「智囊」。新娘説：「不用擔心，桓範一定會勸他進來的。」果不其然，桓範得知此事後，勸許允説：「阮家是世代守禮的大家，既然把醜女嫁給你，想必是有着深遠的用意，你應當進去好好觀察一番。」

許允便轉身緩緩進入新房，當他見到新娘那副醜陋的容貌時，馬上又想離去。新娘預料他這一去，恐怕就不會再進來了，就拉住許允的衣角，讓他停下。許允便問她：「婦人應當具備四種美德，你有幾種？」新娘説：「婦德貞順、婦言辭令、婦容美貌、婦功紡織，我所缺的只是『婦容』一樣而已。可是讀書人應該有百種品行，您具備幾種呢？」許允説：「我全都具備。」新娘目光堅定，直視許允的眼睛，説道：「所有品行中以『德行』為首。但是您重色不重德，怎麼能説自己樣樣都具備呢！」許允聽後，頓時面露慚愧之色，心裏頓時生出幾分敬重之情，從此夫妻二人相互尊重。

司馬懿死後，其長子司馬師掌權，繼續殺戮那些忠於曹魏的大臣，比如夏侯玄、李豐、張緝等人被處死，並夷滅三族（父族、母族、妻族）。而許允因李豐事件受牽連，最終死於流放途中。司馬師仍不放心許允的後人，派鍾會去弔喪試探，許允妻教導兒子們少問朝廷事，裝作愚不曉事，又無意做官，最後許允的兒子終於免禍。

許允妻子短短一番話令許允羞愧，回心轉意，也為自己贏得了一份尊重。許允死後，她臨危不亂的智慧和洞察力亦救了自己的兒子。許允應該慶幸當初自己娶了一位非凡的妻子。容貌乃天生，但一個人的修養、境界、胸懷、見識可以靠後天學習及努力的。

貳《清廉的陶侃母》

陶公少時作魚梁吏①，嘗以坩②鮓③餉母。母封鮓付使，反書④責侃曰：「汝為吏，以官物見⑤餉⑥，非唯⑦不益，乃⑧增吾憂也。」

陶侃年輕時，做過監管水堰捕魚的魚官，他曾經託人把一瓦罐醃魚送給母親。母親把封好了醃魚交給來人，讓他帶回去，還回信責備陶侃說：「**你做官，拿公家的東西送給我，這不但沒有益處，而且增添了我的憂慮啊！**」

① **魚梁吏：監管水堰捕魚的官吏。魚梁：水澤間築堰取魚之所。**
② **坩：盛物的陶器。**
③ **鮓：經過加工的魚類食品，如醃魚、魚乾等。**
④ **反書：回信。**
⑤ **見：在動詞之前，相當於前置的「我」。**
⑥ **餉：以食物送人，餽贈。**
⑦ **非唯：非但。**
⑧ **乃：且。**

《論語》名言「富與貴，是人之所欲也，不以其道得之」

陶母之舉，彰顯了不貪不義之財的高尚品德，誠為後世楷模。**她與《論語》中所頌揚的君子一樣，堅守道義，絕不貪圖公家之利，令人敬仰。**

面對兒子陶侃出於孝心而送來的公家醃魚，她毅然拒絕，並嚴厲責備，其正直無私的行為，令人欽佩。陶侃受母教誨，認識到自己的錯誤，亦體現了君子知錯能改的精神。母子二人踐行了《論語》中「富與貴，是人之所欲也，不以其道得之，不處也；貧與賤，是人之所惡也，不以其道得之，不去也」的教導，為我們樹立了嚴守道義、清正廉潔的典範。（參考指定文言經典——《論語》）

文言文練習（十七）

陶侃母割髮換米

　　陶公少有大志，家酤貧，與母湛氏同居。同郡范逵素知名，舉孝廉，投侃宿。於時冰雪積日，侃室如懸磬，而逵馬僕甚多。侃母湛氏語侃曰：「汝但出外留客，吾自為計。」湛頭髮委地，下為二髲，賣得數斛米。斫諸屋柱，悉割半為薪，剉諸薦以為馬草。日夕，遂設精食，從者皆無所乏。逵既嘆其才辯，又深愧其厚意。明旦去，侃追送不已，且百里許。逵曰：「路已遠，君宜還。」侃猶不返。逵曰：「卿可去矣。至洛陽，當相為美談。」侃乃返。逵及洛，遂稱之於羊晫、顧榮諸人，大獲美譽。

　　陶侃年輕時就有很大的志向，但家裏特別貧困，和母親湛氏住在一起。同郡人范逵一直很有名望，被舉薦為孝廉，到陶侃家投宿借住。當時連日積雪，陶侃家裏一無所有，但是范逵的車馬僕從卻很多。陶侃母親湛氏對陶侃説：「你只管出去留住客人，我自己來想辦法。」湛氏頭髮長得可以拖到地上，她剪下來做成兩副假髮，賣了換得幾斛米。又把家裏的柱子都砍掉，全都削了一半當柴燒，把草墊拆開切碎做馬的飼料。傍晚時分，便擺上了精美的餐食，范逵的隨從們也都不缺食物。范逵既讚嘆陶侃的才能和善辯，又對陶侃的盛情招待感到深深愧疚。第二天早晨，范逵告辭而去，陶侃追上去不停為他送行，送了將近一百里遠。范逵説：「已經走得很遠了，您應該回去了。」陶侃還是不肯回去。范逵説：「您可以回去了。到了洛陽，我一定會為您多多美言。」陶侃這才回去。范逵到了洛陽，就在羊晫、顧榮等人面前稱讚陶侃，陶侃獲得了很多美譽。

1. 指出以下句子中帶有橫線的字詞意思。（5 分）

   (1) 家<u>酤</u>貧　　　酤：＿＿＿＿＿＿

   (2) 汝<u>但</u>出外留客　　　但：＿＿＿＿＿＿

   (3) 吾自為<u>計</u>　　　計：＿＿＿＿＿＿

   (4) 從者皆無所<u>乏</u>　　　乏：＿＿＿＿＿＿

   (5) 侃<u>猶</u>不返　　　猶：＿＿＿＿＿＿

2. 根據文意，把以下的句子語譯為白話文。

(1) 湛頭髮委地，下為二髲，賣得數斛米。(3 分)

(2) 逵既嘆其才辯，又深愧其厚意。(3 分)

3. 根據文意，回答下列問題。

湛氏在故事中突顯了甚麼性格特點？她的行為對陶侃有何影響？(4 分)

總分：　　/15

《趙飛燕誣陷班婕妤》

漢成帝幸[①]趙飛燕，飛燕讒[②]班婕妤祝詛[③]，於是考問[④]。辭[⑤]曰：「妾聞死生有命，富貴在天。修善尚不蒙福，為邪欲以何望？**若鬼神有知，不受邪佞之訴；若其無知，訴之何益？**故不為也。」

漢成帝寵幸趙飛燕，飛燕誣陷班婕妤，説她向神明詛咒後宮及皇帝。於是皇帝就審問班婕妤。班婕妤的供辭説：「臣妾聽説死生有命，富貴在天（死生決定於命運，富貴由天意安排）。修善行尚且不一定能蒙福，做壞事還想有甚麼指望？**假如鬼神有知，就不會聽從邪惡諂媚的訴説（禱告）；假如鬼神無知，向他們訴説（禱告）又有甚麼用呢？**所以我是不做這種事的。」

① 幸：寵愛。
② 讒：誣陷，用言語造謠中傷。
③ 祝詛：祈告鬼神，求鬼神降禍於己所仇怨之人。
④ 考問：審問。考，通「拷」。
⑤ 辭：指供辭。

班婕妤面對趙飛燕的誣陷，並未憤怒反擊，而是選擇冷靜地以道理辯解，展現了處理憤怒的智慧。人生也有各種情境需要作智慧的抉擇，有人認為：「遵守諾言是具誠信的表現。」亦有人認為：「有時候，放棄諾言也是負責任的行為。」試寫作文章一篇，談談你對以上兩個觀點的看法。（參考 2024 DSE 卷二 題三）

- 遵守諾言是具誠信的表現：可從多角度論述守信的重要性。誠信是人際關係的基石，遵守承諾能建立個人可靠的形象，贏得他人信任；在商業交易中，守信用能維持長期合作關係；在友誼中，信守承諾能加深感情；在婚姻中，遵守誓言是維繫關係的關鍵。歷史上許多偉人如孔子、華盛頓等都以守信著稱，他們的故事讓我們領悟到誠信的價值。
- 放棄諾言也是負責任的行為：當環境發生重大變化，原有承諾可能變得不合理或有害，如承諾參加活動，但突遇家人重病需照顧。當守諾與更高價值如生命安全、國家安全、公眾利益，發生衝突時，選擇後者是負責任的表現，如發現合作夥伴有不道德行為而終止合作。有時堅持諾言可能導致更嚴重後果，如政府堅持實施已證明有害的政策。真正的負責任不僅體現在守信，也體現在有勇氣承認錯誤並作出調整，這種靈活性和適應能力同樣值得尊重。

學以致用

「東牀快婿王羲之」

郗太傅在京口，遣門生與王丞相書，求女婿。丞相語郗信：「君往東廂，任意選之。」門生歸，白郗曰：「王家諸郎亦皆可嘉，聞來覓婿，咸自矜持，唯有一郎在東牀上坦腹臥，如不聞。」郗公云：「正此好！」訪之，乃是逸少，因嫁女與焉。

歷史上有名的大書法家王羲之，出身琅琊王氏，是魏晉時期最顯赫的名門望族。東晉開國功臣丞相王導、大將軍王敦都是他的伯父。

丞相王導與太傅郗鑒都是東晉的輔政大臣。郗鑒有一個女兒，名叫郗璿，知書達禮，才貌雙全。郗鑒視為掌上明珠，想給她找個好對象。郗鑒在京口做官時，特地派他一位門生送信給丞相王導，希望在家世顯赫的王家子弟中選一個女婿。王家子弟很多，個個有學問，而且都長得一表人才，王導實在很難決定選哪一個好，就告訴郗鑒的門生說：「我家子弟都在東廂，你自己到那裏去選一個吧。」

門生看過了王家眾子弟後，也作不了主，回去稟告郗鑒說：「王家的那些公子郎君個個都很好，聽說來選婿，都顯得又莊重又拘謹。只有一位公子在東邊牀上袒胸露腹地躺着，好像沒有聽見選婿這回事。」郗鑒說：「這個最好！個性豪放，不矯揉造作！」再去打聽，原來是王羲之，便把女兒許配給他。王羲之與郗璿共育有七子一女，其中王獻之亦是知名的書法家，父子並稱為「二王」。

這就是成語「東牀快婿」的由來。

王羲之，東晉書法家，有書聖之稱。王羲之年少的時候，每天都勤練書法，每當寫完了字，就在門前的那口水池裏洗毛筆。時間一久，池水盡黑。因此，當時的人稱那個水池為「墨池」。「業精於勤荒於戲，行成於思毀於隨」，王羲之的勤學苦練，最終成為東晉偉大的書法家，被後人尊為「書聖」。

「蘭亭序」是王羲之的代表作，有「天下第一行書」之稱。「蘭亭序」書於353年（永和九年），王羲之與一眾名士相聚於會稽（浙江紹興）蘭亭，仿效古人「曲水流觴」的韻事，飲酒賦詩，集為《蘭亭詩》。《蘭亭集序》為王羲之寫的序言，其中20個「之」字，各具風韻，皆無雷同。

二十、術解篇

方術技藝

壹《委罪於木》

王丞相令郭璞試作一卦，卦成，郭意色甚惡①，云：「公有震厄②。」王問：「有可消伏③理④不？」郭曰：「命駕西出數里，得一柏樹，截斷如公長，置牀上常寢處，災可消矣。」王從其語，數日中，果震柏粉碎。子弟皆稱慶。大將軍⑤云：「君乃復⑥委⑦罪於樹木！」

譯文

丞相王導叫郭璞試占一卦，卦占好後，郭璞臉上的神情很難看，說：「丞相您有雷擊之災。」王導問：「有沒有可以消除之法？」郭璞說：「您坐車往西走幾里路，會看到一棵柏樹，把柏樹截斷，截一段像您一般高的樹幹，放在牀上您經常寢臥的地方，災難就可以消除了。」王導照着郭璞的指點去做。幾天之中，果然一陣雷電，把柏樹擊得粉碎。王家子弟們都為之慶賀。大將軍王敦卻對王導說：**「您竟然把罪過推卸給了樹木！」**

① 色甚惡：神色非常不好。
② 震厄：指遭受雷擊或地震之災。
　震：響雷。厄：災難。
③ 消伏：消除，指化解災難。
④ 理：方法。
⑤ 大將軍：王敦。
⑥ 乃復：竟然。
⑦ 委：推卸。

閱讀摘星筆記

《論語》名言「仁者不憂，知者不惑，勇者不懼」

《論語》中「仁者不憂，知者不惑，勇者不懼」意思是仁者心懷坦蕩，不因外物而憂慮；智者明理通達，不為迷惑所困；勇者面對困難，更是無所畏懼，勇於承擔。在生活中，難免會遇到各種困難和挑戰，我們應當學習勇於面對、積極解決問題的態度，而非迷信占卜，推卸責任，方能成就君子之風。（參考指定文言經典——《論語》）

文言文練習（十八）

殷浩焚藥方

殷中軍妙解經脈，中年都廢。有常所給使，忽叩頭流血。浩問其故，云：「有死事，終不可說。」詰問良久，乃云：「小人母年垂百歲，抱疾來久，若蒙官一脈，便有活理。訖就屠戮無恨。」浩感其至性，遂令舁來，為診脈處方。始服一劑湯便愈。於是悉焚經方。

殷浩精通診脈治病，到了中年時卻都放棄了。有一個日常使喚的僕人，忽然給他磕頭磕至流血。殷浩問他是甚麼緣故，他說：「有件關乎生死的事，只是終究不該說。」追問了好久，才說：「小人的母親年紀將近百歲，身染疾病已經很久了，倘若能蒙大人給她診一次脈，就有活命的希望，之後，小人就算被殺也絕對沒有怨恨（心甘情願）。」殷浩被他的孝心所感動，就叫他把母親抬來，替她診脈開藥方。才吃了一劑藥，病就好了。從此殷浩把醫書全都燒了。

1. 指出以下句子中帶有橫線的字詞意思。（5 分）

(1) 小人母年<u>垂</u>百歲　　垂：＿＿＿＿＿＿

(2) <u>訖</u>就屠戮無恨　　訖：＿＿＿＿＿＿

(3) 浩<u>感</u>其至性　　感：＿＿＿＿＿＿

(4) <u>始</u>服一劑湯便愈　　始：＿＿＿＿＿＿

(5) 始服一劑湯便<u>愈</u>　　愈：＿＿＿＿＿＿

2. 根據文意，把以下的句子語譯為白話文。

(1) 有常所給使，忽叩頭流血。浩問其故。（3 分）

＿＿＿＿＿＿＿＿＿＿＿＿＿＿＿＿＿＿＿＿

(2) 小人母年垂百歲，抱疾來久，若蒙官一脈，便有活理。（3 分）

＿＿＿＿＿＿＿＿＿＿＿＿＿＿＿＿＿＿＿＿

3. 根據文意，回答下列問題。

殷浩的性格特徵是甚麼？他在故事中的行為如何反映這些特徵？（4 分）

＿＿＿＿＿＿＿＿＿＿＿＿＿＿＿＿＿＿＿＿

總分：　　/15

貳《郗愔符水治病》

郗愔信道甚精勤①，常患腹內惡②，諸醫不可療，聞于法開③有名，往迎之。既來便脈④，云：「君侯所患，正是精進太過⑤所致耳。」合⑥一劑湯⑦與之。一服即大下⑧，去數段許紙⑨，如拳大，剖看，乃先所服符也⑩。

郗愔信奉道教，非常虔誠勤勉。他常常覺得腹中不適，很多醫者都不能治療。聽說（東晉高僧）于法開醫術很有名氣，就去請他來看病。于法開來到之後，就為郗愔診脈，說：**「君侯您所患的病，只是信教過分虔誠所導致的。」**就調配了一劑湯藥給他。郗愔喝下湯藥之後，立即大瀉，瀉出幾段紙團，都像拳頭般大，剖開一看，原來是先前所吞服的符紙。

① **精勤：虔誠勤勉。**
② **惡：不適、不舒服。**
③ **于法開：東晉高僧，精佛法，擅醫術。**
④ **脈：診脈。**
⑤ **過：過度。**
⑥ **合：調配。**
⑦ **湯：湯藥。**
⑧ **大下：大瀉。**
⑨ **許：表示約略估計。**
⑩ **符：符紙，信奉天師道者，皆以符水治病；也有無病服符者，朱書紙上，再拜服之，一月三服。**

郗愔因過度信奉道教而致病，與孔子對鬼神的態度形成對照。孔子云：「子不語怪力亂神」，提倡「敬鬼神而遠之」，尊重但不過分依賴。郗愔之經歷，提醒我們應在信仰與理性間尋求平衡。試以「得不償失」為題，寫一篇文章。（參考 2022 DSE 卷二 題二）

【議論文 —— 先破後立】

引入：從「得不償失」的概念出發，探討在生活中如何權衡得與失，分析某些選擇或行為表面上的好處，是否實際上伴隨着更大的代價。

- **【破】**現實中，有許多案例揭示了短視行為導致的「得不償失」。巴西政府為了推動農業和木材業的發展，大量砍伐亞馬遜雨林。短期內，這確實帶來了經濟繁榮，但長期來看，卻導致全球氣候變暖、生態系統失衡，甚至威脅到整個人類的生存環境。這種短視的經濟行為，最終可能讓人類付出更高的代價。
- **【立】**然而，現實也告訴我們只有在短期目標與長期影響中找到平衡，才能真正避免「得不償失」。在許多國家選擇優先發展經濟，忽視環境保護的時候，新加坡卻提出了「綠色城市」的理念。他們在推動經濟發展的同時，大力投資於綠化和基礎設施建設。如今，新加坡不僅成為亞洲經濟中心，還以乾淨的環境和高生活品質聞名於世。這種長遠的規劃與平衡的選擇，避免了「得不償失」的陷阱。
- 小結：得與失往往並非單純對立，而是相互交織，需要全面審視。避免「得不償失」並不意味着我們應該完全拒絕風險或犧牲，而是需要在追求目標時，不僅要考慮眼前的得失，更要思考選擇對自己與他人、對當下與未來的影響。

學以致用

「顧愷之畫人像」

顧長康畫裴叔則，頰上益三毛。人問其故，顧曰：「裴楷俊朗有識具，正此是其識具。」看畫者尋之，定覺益三毛如有神明，殊勝未安時。

顧長康好寫起人形。欲圖殷荊州，殷曰：「我形惡，不煩耳。」顧曰：「明府正為眼爾。但明點童子，飛白拂其上，使如輕雲之蔽日。」

顧長康畫謝幼輿在岩石裏。人問其所以，顧曰：「謝云：『一丘一壑，自謂過之。』此子宜置丘壑中。」

顧愷之，東晉大畫家，出身江東世家，博學有才氣，尤善丹青。顧愷之給裴楷作畫像，在畫像的臉頰上多加了三根毫毛。顧愷之解釋，裴楷俊朗有才識，這正是在表現他的才識。看畫的人仔細端詳，確實覺得添了三根毫毛更有神韻，遠遠勝過還沒有加上的時候。

顧愷之畫人像，有的畫完幾年都不點人物的眼睛。有人問他原因，顧愷之說：「形體的美醜，與畫的精妙之處並無多大關係；而畫像是否傳神，關鍵正是在這眼神裏面。」有一次，他想給荊州刺史殷仲堪畫畫，但被拒絕了。因為殷仲堪早年為照顧生病的父親，不小心用沾了藥的手拭眼睛，弄瞎了一隻眼睛。顧愷之安慰他說：「您不願意我為您畫像，無非是在意眼睛罷了。其實無需擔心，我會畫出瞳仁，用飛白筆法拂過，就像輕雲遮蔽了太陽一樣，不會破壞您的形象。」

顧愷之為謝鯤畫人像，把他畫成身處山崖岩石中。他解釋因為謝鯤曾說過，「在一丘一壑，自謂過之。」 謝鯤認為自己志趣高雅，在山水林泉方面，超過庾亮。

這就是成語「頰上添毫」的由來。

顧愷之，被人稱為三絕：才絕、畫絕和痴絕，後人稱他為「畫聖」。謝安評價他的畫「有蒼生來所無」，即前無古人。顧愷之畫技高超，觀察入微，展現出人物的獨特神韻。最難得之處是他在乎對方所思所感，期望透過畫像展現人性美好的一面。這種精神在表現自我，追求個性解放的魏晉社會，實屬難得。

二十一、巧藝篇

精巧技藝

《中國建築的微妙》

陵雲台樓觀[①]精巧，先稱平眾木輕重[②]，然後造構，乃無錙銖[③]相負揭[④]。台雖高峻[⑤]，常隨風搖動，而終[⑥]無傾倒之理。魏明帝登台，懼其勢危，別以大材扶持之，樓即頹壞。論者謂輕重力偏故也。

譯文

陵雲台高樓結構精巧，建造的時候，**先把要用的所有木材的重量一一稱過，然後築台，因此就沒有絲毫的高下不平衡了**。這樓台雖然高峻，常常隨風搖動，然而始終沒有傾倒。魏明帝曹叡登上陵雲台，擔心它危險，叫人另外用大木材支撐着，樓台隨即倒塌。議論的人都説是輕重失去平衡的緣故。

① **樓觀：指高大的樓台。**
② **輕重：重量。**
③ **錙銖：形容極小的分量，指絲毫。古代六銖為一錙，四錙為一兩。**
④ **負揭：或墜或翹，高下不平衡。**
⑤ **峻：陡峭。**
⑥ **終：始終。**

閱讀摘星筆記

陵雲台與荀子《勸學》

陵雲台的故事，不僅展現了古代建築的高超智慧，也給我們帶來了關於找到平衡的啓發。這説明過度的干預往往會適得其反，破壞原有的平衡。而《勸學》中的「木直中繩，輮以為輪，其曲中規」描述的是木頭從直變曲的過程，這一過程展示了通過學習和努力，人可以改變自己的本性，達到更高的境界。二者一強調自然平衡，一強調主觀改變。（參考指定篇章《勸學》）

文言文練習（十九）

荀勖善畫

鍾會是荀濟北從舅，二人情好不協。荀有寶劍，可直百萬，常在母鍾夫人許。會善書，學荀手跡，作書與母取劍，仍竊去不還。荀勖知是鍾而無由得也，思所以報之。後鍾兄弟以千萬起一宅，始成，甚精麗，未得移住。荀極善畫，乃潛往畫鍾門堂作太傅形象，衣冠狀貌如平生。二鍾入門，便大感慟，宅遂空廢。

鍾會是濟北公荀勖的堂舅，兩人感情不好。荀勖有一把寶劍，價值百萬，經常放在母親鍾夫人那裏。鍾會擅長書法，就模仿荀勖的字跡，寫信給他母親要取寶劍，騙走之後再也不還回去。荀勖知道是鍾會所為，卻沒有辦法取回，就想辦法來報復鍾會。後來鍾會、鍾毓兄弟倆用千萬巨資建造一所住宅，剛剛落成，極為精致華麗，還沒有來得及搬進去居住。荀勖很擅長作畫，就潛入這所新房子，在門堂上畫了一幅太傅鍾繇的畫像，衣帽、容貌就像生前一樣。鍾氏兄弟進門看見，就大為感傷悲痛，這所宅子就此廢棄不用了。

1. 指出以下句子中帶有橫線的字詞意思。（5 分）

(1) 二人情好不<u>協</u>　　協：________

(2) 可<u>直</u>百萬　　直：________

(3) 會<u>善</u>書　　善：________

(4) 思所以<u>報</u>之　　報：________

(5) 便大感<u>慟</u>　　慟：________

2. 根據文意，把以下的句子語譯為白話文。

(1) 學荀手跡，作書與母取劍，仍竊去不還。（3 分）

____

(2) 後鍾兄弟以千萬起一宅，始成，甚精麗，未得移住。（3 分）

____

3. 根據文意，回答下列問題。

從鍾會和荀勖的互動中，如何可以看出他們之間的關係不和諧？（4 分）

____

總分：　　/15

二十二、寵禮篇

寵幸禮遇

壹《伏滔受寵禮》

孝武在西堂會[1]，伏滔預[2]坐。還，下車呼其兒，語之曰：「百人高會[3]，臨坐，未得他語，先問：『伏滔何在？在此不？』此故[4]未易得。為人作父如此，何如[5]？」

晉孝武帝司馬曜在西堂會見群臣，伏滔也位列其中。回家時，一下車就呼喚他的兒子過來，對兒子說：「今天百人大會，天子剛坐下，還沒有說別的話，先問：『伏滔在哪裏？在不在這裏？』**這實在不是容易得到的寵禮。我做人及作為你的父親能做到這樣，你看怎麼樣？**」

① **會：會見。**
② **預：通「與」，參與。**
③ **高會：大會。**
④ **故：確實。**
⑤ **何如：怎麼樣。**

伏滔的故事啟示我們，得到他人的肯定，不僅是一種榮譽，更是一種對自身價值的認可。這種肯定能激勵人們更加努力，銘記於心，並成為人生中難忘的時刻。試以：「得到那份屬於自己的肯定，我會銘記於心」為首句，續寫這篇文章。（參考2019 DSE 卷二 題一 試以「這一句話，我會記上一輩子。」為首句續寫文章）

【三件事式敘事】

- **第一件事**：今天，我終於如願以償地站在了這方舞台之上。當熟悉的音樂緩緩響起，我盡情舞動，將這一年來的汗水與努力都化作優美的舞姿。往昔教練那句肯定的話語在耳邊回響，我眼眶濕潤，流下了感動的淚水。
- **第二件事**：倒敍當初自己為了達成目標所付出的努力與艱辛，過程中不斷被隊友嘲笑、質疑自己的實力，內心因而被動搖。後來一次訓練，教練的一句話，肯定了自己的能力，自此變得更加堅定。
- **第三件事**：插敘回想起比賽前自己一次又一次的練習，那一件件被汗水浸濕的衣服、一雙雙被磨損的鞋子，每次想要放棄時，腦海中就不斷回響着教練肯定自己的那句話，最終堅持下來，並得到了隊友的肯定。但我仍渴望得到大眾的認可。
- **第一件事**：聽着台下的掌聲，看着教練微微一笑，以表達對他這份肯定的感激之情。我終於獲得那份屬於自己的肯定，不僅是對過去努力的回應，更是對未來的期許，將永遠銘記於心。

學以致用

「王丞相解財困」

導善於因事，雖無日用之益，而歲計有餘。時帑藏空竭，庫中惟有練數千端，鬻之不售，而國用不給。導患之，乃與朝賢俱制練布單衣，於是士人翕然競服之，練遂踴貴。乃令主者出賣，端至一金。其為時所慕如此。

「朱雀橋邊野草花，烏衣巷口夕陽斜。舊時王謝堂前燕，飛入尋常百姓家。」劉禹錫詩中所描述的烏衣巷，是東晉王、謝兩大家族的住所，其中琅琊王氏家族的代表人物，莫過於王導。

西晉滅亡，王導扶助司馬睿在建康（今南京）登基，建立起了東晉政權。司馬睿即位後，以王導為丞相。王導先後輔佐了晉元帝司馬睿、晉明帝司馬紹和晉成帝司馬衍三朝皇帝。

王導善於掌理國政，施政因事制宜。東晉初期，國庫空虛，財政常常入不敷出。府庫只剩下幾千匹粗絲織的布，賣也賣不去。王導於是與朝中大臣商議，每人拿些布匹回家，自行設計製作一套單衣。一時之間，士人因敬慕他們而爭相穿着這種單衣，於是絲價暴漲。王導見時機成熟，從府庫裏搬出這些布匹出售，每匹售價竟高達一兩黃金，順利解決了庫房的燃眉之急。

東晉時，謝安的一個同鄉被罷官回鄉，臨行前向謝安辭行。謝安問他回鄉的路費可否足夠，鄉人回答道：「只有五萬把蒲葵扇。」於是謝安隨手拿了其中一把扇子。沒幾天，士人百姓爭相購買蒲葵扇，於是扇價高漲。這也是仿效王丞相的智慧。

貳《能令公喜，能令公怒》

王珣、郗超並有奇才，為大司馬所眷拔①。珣為主簿②，超為記室參軍③。超為人多髯④，珣狀⑤短小，於時荊州為之語曰：「髯參軍，短主簿，能令公喜，能令公怒。」

王珣和郗超都特別有才華，受到大司馬桓溫的寵愛和提拔。王珣擔任主簿，郗超擔任記室參軍。郗超此人鬍鬚多，王珣身材矮小。當時荊州人為他們編了歌謠說：「大胡子的參軍，矮個子的主簿，**能使桓公高興，也能使桓公惱怒。**」

① **眷拔：寵愛提拔。**
② **主簿：官名，負責文書簿籍，掌印鑒。**
③ **記室參軍：官名，掌管文書記錄。**
④ **髯：兩頰的胡子。**
⑤ **狀：身材、體態。**

王珣與司馬遷《廉頗藺相如列傳》

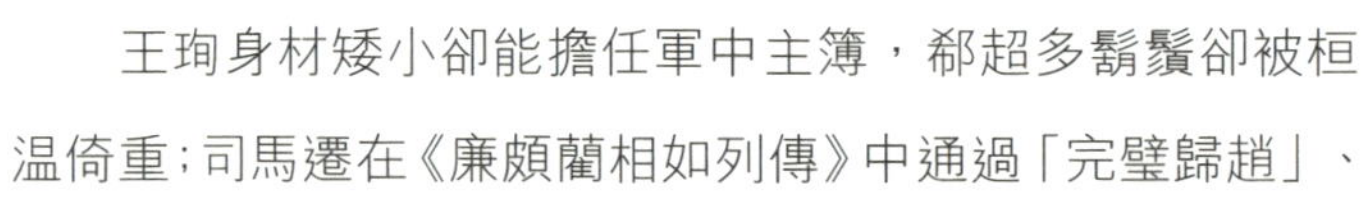

王珣身材矮小卻能擔任軍中主簿，郗超多鬍鬚卻被桓溫倚重；司馬遷在《廉頗藺相如列傳》中通過「完璧歸趙」、「澠池之會」、「負荊請罪」三個事件，刻畫了藺相如的機智沉着、寬宏大量和廉頗的改過自新，強調了人才選拔應重德能而非出身。**因此無論是王珣、郗超憑借才幹獲得高位，還是廉頗、藺相如通過勇氣和胸懷成就佳話，都帶出了不以貌取人、不以身份論英雄的道理。**（參考指定文言經典——司馬遷《廉頗藺相如列傳》）

文言文練習（二十）

陳紀斥父友

陳太丘與友期行，期日中，過中不至，太丘捨去，去後乃至。元方時年七歲，門外戲。客問元方：「尊君在不？」答曰：「待君久不至，已去。」友人便怒曰：「非人哉！與人期行，相委而去！」元方曰：「君與家君期日中。日中不至，則是無信；對子罵父，則是無禮。」友人慚，下車引之。元方入門不顧。

陳寔與朋友約定時間一同出行，相約在中午見面，過了中午朋友還沒到，陳寔就不顧而先走了。他走後，那位朋友才到。那時陳寔的兒子陳紀（字元方）才七歲，正在門外嬉戲。客人問他：「你父親在不在？」陳紀回答：「他等了您很久，您都沒來，已經走了。」那朋友便發怒地説：「不是人啊！跟別人約好一同走，卻丟下別人離開了！」陳紀説：「您與家父約定中午一起走。您自己中午沒來，這是沒有信用；對着別人兒子罵他父親，這是沒有禮節。」朋友感到慚愧，下車想拉陳紀，可是陳紀跑進自家大門，頭也不回。

1. 指出以下句子中帶有橫線的字詞意思。（5 分）

(1) 陳太丘與友期行　期：________

(2) 過中不至　至：________

(3) 去後乃至　乃：________

(4) 相委而去　委：________

(5) 元方入門不顧　顧：________

2. 根據文意，把以下的句子語譯為白話文。

(1) 期日中，過中不至，太丘捨去，去後乃至。（3 分）

____

(2) 日中不至，則是無信；對子罵父，則是無禮。（3 分）

____

3. 根據文意，回答下列問題。

陳寔的朋友的態度有甚麼轉變？為甚麼有如此的轉變？（4 分）

____

總分：　　/15

二十三、任誕篇

任性放誕

壹《阮咸晒褌子》

阮仲容、步兵居道南，諸阮居道北。北阮皆富，南阮貧。七月七日①，北阮盛曬衣，皆紗羅錦綺②。仲容以竿掛大布③犢鼻㡓④於中庭。人或怪⑤之，答曰：「未能免⑥俗，聊復爾耳⑦。」

阮咸、阮籍住在路南，其他的阮氏族人住在路北。路北的阮家都很富裕，路南的阮家比較貧窮。七月初七那天，路北的阮氏各家大曬衣服，都是綾羅綢緞等華麗的衣裳。阮咸用竹竿掛起一條粗布套褲曬在庭院中。有人對他舉動感到奇怪，他回答說：「**我不能擺脱世俗之情，姑且也這樣做做罷了。**」

① **七月七日：農曆七月七日，百姓有曬衣裳、革裘及經書的習俗，以避免生蟲。**
② **紗羅錦綺：泛指珍貴的絲織品。**
③ **大布：粗布。**
④ **犢鼻㡓：一種作雜活時穿的褲子，無襠的褲子，類似套褲。**
⑤ **怪：感到奇怪。**
⑥ **免：免除、擺脱。**
⑦ **聊復爾耳：姑且如此罷了。爾：如此。耳：而已，罷了。**

阮咸掛粗布犢鼻褌於庭院，不慕路北阮家之華麗；顏回安貧樂道，一簞食一瓢飲，不改其樂。二者都向人們展示：富貴非所願，心安即歸處。在物欲橫流的時代，人易為外物所惑，忘其本心。阮咸、顏回的品行，如清風明月，不逐浮華，以精神富足為樂。試以「經過這件事，我才明白到，真正的富足不在於外物，而在於內心的安定。」為開首，撰文一篇，記述事件經過，並抒發體會。（參考 2021 DSE 卷二 題一 「經過這件事，我才明白到一心是我的知己，是真正了解我的人」）

【記敘文 —— 扣題】

- **起**：我參加了一次義工活動，探訪一位住在舊區的小女孩。當我走進她的家時，眼前的景象讓我愣住了——牆壁斑駁，家具簡陋，甚至連一張完整的書桌都沒有【外物】。這樣的環境，讓我不禁為她感到心疼。
- **承**：我帶去了一些文具和書本，心想這也許能稍微改善她的學習條件。當我把禮物遞給她時，她的眼睛立刻亮了起來，像是收到了世界上最珍貴的寶物一樣。她抱着那些簡單的禮物【外物】，笑得比陽光還燦爛。那種純真的笑容【內心】，深深地觸動了我。
- **轉**：接着，她拉着我的手，興奮地向我展示她用廢紙摺成的小花【內心】，說這是她最喜歡的「花園」。我愣住了，原以為她會抱怨生活的貧困，但她的笑容卻充滿了對生活的熱愛與滿足【內心】。她的眼中沒有一絲對現狀的不滿，只有對這些簡單快樂的珍惜。那一刻，我感到無比震撼，也開始反思自己的生活。
- **合**：離開時，我回頭看着她站在門口揮手，那張燦爛的笑臉彷彿印在了我的心裏。心中忽然湧起一股說不出的感動。我終於明白，真正的富足不在於擁有多少，而在於是否能用一顆安定而感恩的心，去珍惜生活中的每一點美好。這次的探訪，帶給我的不僅是對貧困的同情，更是一份深刻的啟示。

「阮咸識音」

荀勖善解音聲，時論謂之「闇解」。遂調律呂，正雅樂。每至正會，殿庭作樂，自調宮商，無不諧韻。阮咸妙賞，時謂「神解」。每公會作樂，而心謂之不調。既無一言直勖，意忌之，遂出阮為始平太守。後有一田父耕於野，得周時玉尺，便是天下正尺。荀試以校己所治鐘鼓、金石、絲竹，皆覺短一黍，於是伏阮神識。

荀勖，博學多才，西晉初年掌管樂事，修訂律呂。他善於辨別樂音的正誤，當時人們稱他為「暗解」，意即是心中自然領悟。他負責調整音律，校正雅樂。每到正月初一舉行朝賀禮時，宮殿上要演奏音樂，他親自調整五音，使音樂全部都和諧動聽。

阮咸具有卓越的音樂鑒賞力，當時人稱他是「神解」，意即妙解音律。每逢官府聚會奏樂，他心裡總覺得不夠協調，因此從不稱讚荀勖。荀勖心裡忌恨他，後來便將阮咸調出京城，任始平太守。

後來，一個農民在地裡耕田時，發現了一把周代的玉尺。荀勖試着用這把玉尺來校對自己所調試的鐘鼓樂器，發現樂器都比玉尺短了一黍之長，於是才佩服阮咸的識見高超。

阮咸，與嵇康、阮籍、山濤、向秀、劉伶、王戎並稱「竹林七賢」。他是阮籍的侄子，對叔父非常崇拜，人們稱他們為「大小阮」。阮咸，善彈琵琶，相傳他所創制的一種古琵琶，形似滿月的樂器，四根弦，即名「阮咸」，亦稱「阮」。以人名命名一種樂器，在中國音樂史上，僅有阮咸一人。

貳《阮咸借驢追婢》

阮仲容先幸姑家鮮卑婢[①]，及居母喪，姑當遠移，初云當[②]留婢，既發，定將[③]去。仲容借客驢，著重服[④]，自追之，累騎[⑤]而返，曰：「人種[⑥]不可失！」即遙集[⑦]之母也。

阮咸很早就愛上姑母家的一個鮮卑族婢女。到他為母親守孝的時候，他姑母要搬家到遠處去了。起初說要留下這個婢女給他，出發之時，又一定要把婢女帶走。阮咸知道了，借了一位客人的驢子，身穿孝服，親自追去，最後他和鮮卑婢女兩人同乘着驢子回來。他說：「**後代種子是不能丟失的！**」這個婢女就是阮孚的母親。

① 幸：寵愛。
② 當：將要。
③ 將：帶領、攜帶。
④ 著重服：身穿重孝。重服：喪服。
⑤ 累騎：兩人共一騎。
⑥ 人種：繁育後代的種子，指鮮卑婢已懷孕。
⑦ 遙集：阮孚，字遙集，阮咸之子，為鮮卑婢所生。

《論語》名言「非禮勿言，非禮勿動」

「非禮勿言，非禮勿動」是儒家思想中強調個人行為應符合禮教規範的重要原則。然而，阮咸的行為卻顯然與這一原則相悖。他不顧世俗禮教的束縛，為了追求自己的真愛和家族延續，毅然決然地借驢追婢，這種舉動在當時無疑被視為有違禮教。因此，**我們在追求個人幸福和滿足的同時，也要考慮到社會的和諧與秩序，找到個人與社會之間的平衡點。**（參考指定文言經典——《論語》）

文言文練習（二十一）

山濤妻

山公與嵇、阮一面，契若金蘭。山妻韓氏覺公與二人異於常交，問公。公曰：「我當年可以為友者，唯此二生耳！」妻曰：「負羈之妻亦親觀狐、趙，意欲窺之，可乎？」他日，二人來，妻勸公止之宿，具酒肉；夜穿墉以視之，達旦忘反。公入曰：「二人何如？」妻曰：「君才致殊不如，正當以識度相友耳。」公曰：「伊輩亦常以我度為勝。」

山濤和嵇康、阮籍一見面，就情意相投合。山濤的妻子韓氏覺得丈夫與這兩個人的交往非同尋常，就問山濤，山濤說：「我現在可以當作朋友的人，只有這兩位而已。」妻子說：「春秋時代，曹大夫僖負羈的妻子也曾親自觀察狐偃和趙衰，認為他們都是能輔助晉公子重耳回國做國君的好幫手。我也想暗中觀察他們，可以嗎？」有一天，嵇康、阮籍二人來了，妻子勸山濤把他們留宿在家，親自備好酒肉。晚上，她在墻壁挖洞去觀察他們，直到天亮都忘了回去。山濤進來問：「這兩個人怎麼樣？」妻子說：「您的才能、情趣根本比不上他們，只能靠見識、氣度和他們交朋友罷了。」山濤說：「他們也常常認為我的氣度更勝一籌。」

1. 指出以下句子中帶有橫線的字詞意思。（5 分）

(1) 意欲<u>窺</u>之　　窺：________　　(4) 達<u>旦</u>忘反　　旦：________

(2) 可<u>乎</u>　　乎：________　　(5) 達旦忘<u>反</u>　　反：________

(3) 夜穿<u>墉</u>以視之　墉：________

2. 根據文意，把以下的句子語譯為白話文。

(1) 他日，二人來，妻勸公止之宿，具酒肉。（3 分）

____

(2) 妻曰：「君才致殊不如，正當以識度相友耳。」（3 分）

____

3. 根據文意，回答下列問題。

故事中如何透過側面描寫突出嵇康和阮籍的才華？（4 分）

____

總分：　　/15

《身后物不如一杯酒》、《千里一曲》

身後物不如一杯酒：

張季鷹縱任[①]不拘，時人號為「江東步兵」[②]。或謂之曰：「卿乃可[③]縱適[④]一時，獨不為身後名邪？」答曰：「使我有身後名，不如即時一杯酒。」

千里一曲：

有人譏[⑤]周僕射與親友言戲[⑥]穢雜[⑦]無檢節。周曰：「吾若萬里長江，何能不千里一曲[⑧]。」

身後物不如一杯酒：

張翰任性放縱，不拘禮法，當時人把他比作阮籍，稱為「江東步兵」。有人對他說：「你雖然可以縱情適意於一時，難道不為身後的名聲着想嗎？」張翰回答說：「與其在乎身後的名聲，還不如眼前的一杯好酒。」

千里一曲：

有人譏諷尚書左僕射周顗跟親友談笑戲樂，常有粗野穢褻的言行，而自己卻不知檢點。周顗說：「**我就像萬里長江，怎麼可能在千里之間沒有一點兒彎曲！**」

① 縱任：放縱任性。
② 江東步兵：指阮籍。
③ 乃可：豈可、縱然可以。
④ 縱適：放縱適意。
⑤ 譏諷、批評。
⑥ 戲：開玩笑、戲謔。
⑦ 穢雜：粗野穢褻。
⑧ 千里一曲：謂長江千里間必有一彎曲處，借喻一生行為，不免小有錯失。

儒家士大夫秉持「修身、齊家、治國、平天下」的理念，渴望通過仕途實現政治抱負，以天下為己任；而魏晉士人受動蕩時局影響，則更傾向於避世獨善其身，他們不拘禮法，追求超脱世俗的境界，往往對功名利祿持淡泊態度。人生總有大大小小的選擇，無論選擇的結果如何，只要選擇時問心無愧，便已足夠。**試以「無愧的選擇」為題，寫作文章一篇。**（參考 2024 DSE 卷二 題二）

生命中總有大大小小的抉擇，每個選擇背後都藏着一個故事，都是主人翁無愧的選擇。

- 前幾天看到新聞報導，一位資深救護員放棄了升職機會，選擇繼續留在前線崗位。他説：「在辦公室簽文件，不如在街上多救一個人。」
- 陳師傅曾是一家米芝蓮餐廳的前主廚，卻毅然辭職，在深水埗開了一家只賣「街坊價」的平價麵店。「這些都是我的老街坊，他們吃了我二十年的麵，我捨不得他們吃不起。」陳師傅的話讓我明白，有時候放棄看似更好的選擇，反而能守護更重要的價值。
- 表姐放棄了移民加拿大的機會，選擇留在香港照顧患病的母親。母親行動不便，表姐便成了她的雙腿，扶着她慢慢散步；母親胃口不好，表姐就變着花樣做可口的飯菜。每一次為母親擦拭身體，每一次陪母親做康復訓練，表姐都充滿了耐心與關愛。她常對母親説：「再好的風景，也比不上母親的笑容。」母親的笑容，是表姐用愛與責任守護的温暖港灣。

這些看似「不明智」的選擇，實則如夜空中閃爍的繁星，閃耀着人性最温暖的光芒。原來，人生的價值，不在於選擇的結果有多風光，而在於在作出選擇時，是否遵從了內心的道德指南針，是否堅守了自己珍視的價值。那些無畏世俗眼光、順應本心、心中不留遺憾的選擇，皆為無愧之選。

學以致用

「劉伶好酒」

劉伶病酒，渴甚，從婦求酒。婦捐酒毀器，涕泣諫曰：「君飲太過，非攝生之道，必宜斷之！」伶曰：「甚善。我不能自禁，唯當祝鬼神自誓斷之耳。便可具酒肉。」婦曰：「敬聞命。」供酒肉於神前，請伶祝誓。伶跪而祝曰：「天生劉伶，以酒為名；一飲一斛，五斗解酲。婦人之言，慎不可聽。」便引酒進肉，隗然已醉矣。

竹林七賢最典型的畫面，就是他們在山陽竹林裏暢飲，其中劉伶尤為好酒。

劉伶因為前一天飲酒過度，尚有餘醉，非常口渴，就向妻子討酒喝。妻子把酒倒掉，把裝酒的器物也一併毀掉了，哭着規勸劉伶：「夫君您飲酒過度，這並非養生之道，必須把酒戒掉！」劉伶說：「很好。只是我自身難以戒除，唯有在鬼神面前禱告立誓，才能戒掉。你便準備好酒肉祭祀吧。」他妻子按照他的吩咐，把酒肉供在神前，請劉伶禱告發誓。劉伶跪着禱告說：「天生劉伶，把酒當性命；一飲一滿斛，五斗解酒癮。婦人之言，千萬莫聽。」說完就拿過酒肉大快朵頤，一會兒又喝得醉醺醺，頹然倒下了。

劉伶沉溺在飲酒中，任性放縱，有時候脫光了衣服裸體待在屋裏，有人譏笑他放縱無禮。劉伶反駁說，自己幕天席地，把屋子當作衣褲，質問其他人為甚麼跑到他的褲子裏來。

魏晉南北朝時期，政權更迭頻繁，兵禍戰亂連年，更有「一夜之間，名士減半」的說法，可見被捲入政治鬥爭中的士人往往成為犧牲品。劉伶以酒為保命之策，透過喝酒，躲避政治迫害；藉着喝酒，表達對黑暗統治的不滿，對虛偽禮教的蔑視。

二十四、簡傲篇

輕率傲慢

壹《鍾會：聞所聞而來，見所見而去》

鍾士季精有才理①，先不識嵇康。鍾要②於時賢俊之士，俱往尋康。康方大樹下鍛③，向子期為佐④鼓排⑤。康揚槌不輟⑥，傍若無人，移時⑦不交一言。鍾起去，康曰：「何所聞而來？何所見而去？」鍾曰：「聞所聞而來，見所見而去。」

鍾會精明有才智，原先他不認識嵇康。鍾會約了當時一些才德之士一起去尋訪嵇康。嵇康正在大樹下打鐵，向秀當他的助手，替他拉風箱。嵇康不停地揮槌打鐵，旁若無人，過了好久也沒跟鍾會等說一句話。鍾會起身離去，嵇康問道：「你們聽到甚麼而來？又看到甚麼而走？」鍾會說：「**聽到了我們所聽到的而來，看到了我們所看到的而走。**」

① 才理：才智、才思。
② 要：約請、邀請。
③ 鍛：打鐵。
④ 為佐：當助手。
⑤ 鼓排：拉風箱。
⑥ 輟：停止、間斷。
⑦ 移時：過了好些時候。

閱讀摘星筆記

嵇康與柳宗元《始得西山宴遊記》

嵇康面對鍾會等名士來訪時，淡然處之，仍專注於打鐵，展現了他超然物外、不慕榮利、追求內心自由的精神境界。這一行為不僅突顯其孤高自持的品格，更體現了他對世俗名利的淡漠與批判。而在《始得西山宴遊記》中，柳宗元登臨西山，感受到「心凝形釋，與萬化冥合」，同樣達到了一種超脫世俗、與自然萬物融為一體的精神境界。兩者皆以不同的方式，**展現了對精神自由的追求與對世俗羈絆的超越。**（參考指定文言經典——柳宗元《始得西山宴遊記》）

文言文練習（二十二）

嵇紹拒為伶人

齊王冏為大司馬輔政，嵇紹為侍中，詣冏咨事。冏設宰會，召葛旟、董艾等共論時宜。旟等白冏：「嵇侍中善於絲竹，公可令操之。」遂送樂器，紹推卻不受。冏曰：「今日共為歡，卿何卻邪？」紹曰：「公協輔皇室，令作事可法。紹雖官卑，職備常伯，操絲比竹蓋樂官之事，不可以先王法服為伶人之業。今逼高命，不敢茍辭，當釋冠冕，襲私服。此紹之心也。」旟等不自得而退。

齊王司馬冏擔任朝中大司馬，輔理國政，嵇紹任侍中一職，去向司馬冏諮詢事宜。司馬冏安排了宴會，召來葛旟、董艾等人一同討論當前政事。葛旟等人對司馬冏稟告：「嵇侍中擅長絲竹音樂，您可以請他演奏一下。」於是命人送上樂器，然而嵇紹推辭，不肯演奏。司馬冏問：「今天眾人一同歡聚，你為甚麼推卻呢？」嵇紹說：「司馬公您輔佐皇室，命令處事都應為世人的楷模。我嵇紹雖然官職卑微，可也是備用為常伯之列；絲竹弦樂，那是樂官的工作。我不能身穿先王制定的官服卻做着伶人的事情。如今既然您命令了，我也不敢隨便推辭，但應讓我脫去這身官服，穿上便服才能從命。這是我嵇紹的想法。」葛旟等人自覺沒趣，就都退了出去。

1. 指出以下句子中帶有橫線的字詞意思。（5 分）

(1) 詣冏咨事　詣：________

(2) 卿何卻邪　卻：________

(3) 不敢茍辭　茍：________

(4) 當釋冠冕　釋：________

(5) 襲私服　襲：________

2. 根據文意，把以下的句子語譯為白話文。

(1) 遂送樂器，紹推卻不受。冏曰：「今日共為歡，卿何卻邪？」（3 分）

____

(2) 操絲比竹蓋樂官之事，不可以先王法服為伶人之業。（3 分）

____

3. 根據文意，回答下列問題。

嵇紹面對的兩難處境是甚麼？他又如何化解？這體現了他甚麼特點？（4 分）

____

總分：　　/15

貳《一問三不知》及《不問自取》

一問三不知：

王子猷作桓車騎騎兵參軍[①]。桓問曰：「卿何署[②]？」答曰：「不知何署，時見牽馬來，似是馬曹[③]。」桓又問：「官有幾馬？」答曰：「不問馬，何由知其數？」又問：「馬比[④]死多少？」答曰：「未知生，焉[⑤]知死？」

不問自取：

子猷詣郗雍州，雍州在內，見有（毾毛）㲪[⑥]，云：「阿乞[⑦]那得此物？」令左右送還家。郗出覓之，王曰：「向有大力者負之而趨[⑧]。」郗無忤色[⑨]。

一問三不知：

王徽之擔任車騎將軍桓沖的騎兵參軍一職時。有一次，桓沖問：「你在哪個部門？」王徽之答：「我也不知道甚麼部門，時常看見牽馬來，好像是掌管馬匹的機構吧。」桓沖又問：「官府裏有多少匹馬？」王徽之答：「『不問馬』，怎麼知道馬的數目？」桓沖又問：「馬近來死了多少？」王徽之答：「**未知生，焉知死？（還沒有弄明白活着的，又怎能知道死的呢？）**」

不問自取：

王徽之去拜訪郗恢，郗恢在內室，王徽之看到一條西域產的羊毛毯，說：「郗恢從哪裏得到這種東西？」就叫隨從拿了羊毛毯送回自己家。郗恢出來後，尋找這毛毯，王徽之說：「**剛才有個大力士背着它跑走了。**」郗恢一點也沒有生氣。

① 騎兵參軍：將軍府屬官，掌內外雜畜簿帳收養馬匹諸事。
② 署：官署，此處指部門。
③ 馬曹：掌管馬匹的機構。
④ 比：近來。
⑤ 焉：怎。
⑥ （毾毛）㲪：羊毛毯。
⑦ 阿乞：郗恢小字。
⑧ 趨：快速地跑。
⑨ 忤色：不順悅的臉色。

王徽之家族琅琊王氏在東晉及南朝時期權勢顯赫，王導、王敦等人位高權重。家族的參政使得琅琊王氏在政治上形成了強大的力量，但王徽之作為桓沖麾下的騎兵參軍，表現卻不盡如人意，一問三不知，顯示其勉強為官卻未盡職責，未能走出舒適圈。**試就「行事要量力而為，勉強沒有好結果」及「要踏出舒適圈，才可以突破能力的界限」這兩個觀點，談談你的看法。**（參考 2025 DSE 卷二 題三）

「行事要量力而為，勉強沒有好結果」：

- 個人層面：違背自身能力與興趣的選擇往往導致事倍功半。王徽之作為琅琊王氏後人，是東晉書法名家，有「徽之得其勢」的美名，指其繼承父親王羲之筆勢而自成風格，然而他在擔任騎兵參軍時一問三不知，正正反映了勉強從事與志趣相悖的工作所導致的弊端——縱使才華橫溢，亦難以發揮。
- 社會層面：為迎合社會風潮而投身熱門行業，卻因能力不符而疲於奔命；教師若對教育缺乏熱忱，為求穩定收入而投身教育行業，則可能影響一代學生的成長。量力而為不僅關乎個人成就，更涉及社會資源的合理分配。

「要踏出舒適圈，才可以突破能力的界限」：

- 人的潛能往往超出自我認知，只有通過挑戰才能被激發。歷史上許多成功人士，如達芬奇既是藝術家又是科學家，正是因為他不斷跨越學科界限；現代企業家如馬斯克，從網絡支付到太空探索，不斷挑戰未知領域。在科技迅速發展的時代，許多傳統職業正被人工智能取代，而那些敢於跨界學習、不斷創新的人才更具競爭力。

「王徽之雪夜訪戴」

王子猷居山陰。夜大雪，眠覺，開室，命酌酒。四望皎然，因起彷徨，詠左思《招隱詩》。忽憶戴安道，時戴在剡，即便夜乘小船就之。經宿方至，造門不前而返。人問其故，王曰：「吾本乘興而行，興盡而返，何必見戴！」

王徽之住在江南水鄉山陰縣（今紹興）。一天夜裏下了大雪，他酣睡中醒來，打開房門，只見天地間一片銀白，潔白無瑕的雪景宛如一幅天然的水墨畫卷。王徽之讓侍從為自己斟上美酒。他心中湧起一股詩意，隨後，他起身在雪地裏徘徊踱步，口中吟詠着左思的《招隱》詩，這是一首歌詠隱居之樂的詩。

此時，他忽然想起自己好友戴逵。戴逵當時正居住在剡縣。王徽之當下決定連夜坐上小船去拜訪他。船行一夜方才到達，到了戴家門口，然而，他沒有進去，就轉身回去。有人問他為甚麼，王徽之説：「我本來就是乘着一時的興致而去，如今興盡了就回來了，又何必非要見到戴逵呢！」言語間盡顯超脱塵世、隨性自在的生活態度。

這就是成語「乘興而來，興盡而返」的由來。

徽之的弟弟王獻之，有一次從會稽郡（今紹興）前往建康（今南京）途中經過吳郡（今蘇州），聽説當地名士顧辟疆有一座名園。他雖與園主素不相識，卻徑直前往造訪。當時顧辟疆正廣邀賓朋，大擺筵席，王獻之觀賞完園林後，竟毫無顧忌地在園中點評起園林優劣，旁若無人。顧辟疆見此情景，十分難堪，頓時勃然大怒對獻之説：「傲視主人，此為失禮之舉；憑藉高貴的身份對人驕橫無禮，此乃無道之為。無禮無道的人，是不值一提的粗俗鄙陋之人！」於是把他驅逐出門。

這就是王羲之的兩個兒子。徽之「乘興而行，興盡而返」，隨心所欲；獻之，雖是一個大書法家，與父親王羲之並稱為「二王」，但他未經主人同意，直闖別人家，並隨意指指點點，恣意妄為。魏晉時期，無論是名士，如竹林七賢，或是名門世家都率性而為，放誕不拘，目無禮教，形成了一種追求個性解放的風氣。

二十五、排調篇

戲弄嘲笑

壹《針鋒相對》

荀鳴鶴、陸士龍二人未相識，俱會張茂先坐。張令共語。以其並有大才，可勿作常語。陸舉手曰：「雲間①陸士龍。」荀答曰：「日下②荀鳴鶴。」陸曰：「既開青雲，睹白雉③，何不張爾弓，布爾矢④？」荀答曰：「本謂雲龍騤騤⑤，定⑥是山鹿野麋。獸弱弩強，是以發遲。」張乃撫掌⑦大笑。

荀鳴鶴（荀隱）、陸士龍（陸雲）兩人互不相識的時候，一起在張茂先（張華）家中做客時見面了。張華讓他們交談。因為他們都有高超的才學，希望他們不説平常的客套話。陸雲拱手説：「我是雲間陸士龍。」荀隱説：「我是日下荀鳴鶴。」陸雲説：「既然已經撥開雲彩，看見白雉，為甚麼不拉開你的弓，搭起你的箭？」荀隱回答説：「**本以為雲中之龍，非常矯健，卻只是山野中的麋鹿；獸弱小而我的弓強勁，所以才遲遲不忍放箭。**」張華於是拍手大笑。

① 雲間：古華亭、松江府的別稱。陸雲，南方人，用「雲間」與「龍」並舉，暗示雄健不凡。

② 日下：舊時以帝王比日，因稱京都為日下。荀隱，北方人，用「日下」與「鶴」並舉，暗示高超異常。

③ 白雉：白色羽毛的野雞，古時以為瑞鳥，雄鳥上體和兩翼白色，尾長，中央尾羽純白，常棲息高山竹林間。

④　布爾矢：把你的箭搭在弓弦上，準備射擊。陸雲此語有向荀隱挑戰意。
⑤　雲龍騤騤：雲中之龍十分矯健。騤：馬行雄壯貌。
⑥　定：卻。
⑦　撫掌：拍掌。

中華千古 文士風雅

周瑜，東吳大將，風華絕代，面對強敵時從容不迫，運籌帷幄之中，決勝千里之外。他憑借火燒赤壁的智謀，在歷史上留下了濃墨重彩的一筆。孔明，蜀漢丞相，才智超群，神機妙算。他以草船借箭之奇謀，展現了其超凡絕倫的智慧。**無論是荀隱與陸雲的文士風雅，還是周瑜與孔明的英雄謀略，都是中華文化寶庫中不可或缺的瑰寶，值得我們後世銘記於心，傳頌千古。**（參考指定文言經典——蘇軾《念奴嬌．赤壁懷古》）

文言文練習（二十三）

遠志與小草

謝公始有東山之志，後嚴命屢臻，勢不獲已，始就桓公司馬。於時人有餉桓公葯草，中有遠志。公取以問謝：「此葯又名小草，何一物而有二稱？」謝未即答。時郝隆在坐，應聲答曰：「此甚易解，處則為遠志，出則為小草。」謝甚有愧色。桓公目謝而笑曰：「郝參軍此過乃不惡，亦極有會。」

謝安一開始在東山，有隱居不仕的志向，後來朝廷多次徵召，不得已，才出任桓温的司馬。當時，有人給桓温送藥草，其中有一味遠志。桓温拿着它問謝安：「這種藥又叫小草，為甚麼同樣的事物有兩個名稱呢？」謝安沒有立即回答。當時郝隆也在座，馬上回答：「這很容易理解，隱處時就是遠志，出山了就是小草。」謝安深感慚愧。桓温看了看謝安，笑着説：「郝參軍這通議論也不算壞，説得很有意趣。」

1. 指出以下句子中帶有橫線的字詞意思。(5 分)

(1) 後嚴命屢<u>臻</u>　　臻：＿＿＿＿＿＿

(2) <u>處</u>則為遠志　　處：＿＿＿＿＿＿

(3) 桓公<u>目</u>謝而笑曰　　目：＿＿＿＿＿＿

(4) 郝參軍此過乃不<u>惡</u>　　惡：＿＿＿＿＿＿

(5) 亦極有<u>會</u>　　會：＿＿＿＿＿＿

2. 根據文意，把以下的句子語譯為白話文。

(1) 於時人有餉桓公葯草，中有遠志。(3 分)

＿＿＿＿＿＿＿＿＿＿＿＿＿＿＿＿＿＿＿＿

(2) 應聲答曰 :「此甚易解，處則為遠志，出則為小草。」(3 分)

＿＿＿＿＿＿＿＿＿＿＿＿＿＿＿＿＿＿＿＿

3. 根據文意，回答下列問題。

為甚麼聽完郝隆的答案後，謝安臉有愧色？（4 分）

＿＿＿＿＿＿＿＿＿＿＿＿＿＿＿＿＿＿＿＿

總分：　　/15

貳《山不高則不靈》、《何充禮佛》

山不高則不靈：

康僧淵目深[①]而鼻高，王丞相每調之。僧淵曰：「鼻者面之山；目者面之淵[②]。山不高則不靈，淵不深則不清。」

何充禮佛：

何次道往瓦官寺禮拜甚勤[③]，阮思曠語之曰：「卿志大宇宙[④]，勇邁[⑤]終古。」何曰：「卿今日何故忽見推[⑥]？」阮曰：「我圖數千户郡，尚不能得，卿乃圖作佛，不亦大乎？」

山不高則不靈：

康僧淵眼窩深，而鼻梁很高，丞相王導經常以此取笑他。僧淵說：「鼻子是臉上的山峰，眼睛是臉上的深潭。**山不高就不靈，潭不深就不清（山不高，就沒有神靈；潭不深，就不會清澈。）**」

何充禮佛：

何充到瓦官寺拜佛，去得十分勤懇，阮裕對他說：「**你的志向比天地還大，你的勇氣超過了所有古人。**」何充說：「你今天為甚麼忽然推崇我了？」阮裕說：「我圖謀做個能掌管幾千戶的小官，尚且得不到；而你竟然圖謀成佛，這個意圖還不夠大嗎？」

① 深：深邃。
② 靈：靈氣、神靈。
③ 禮拜：向所信仰的佛像行禮。
④ 宇宙：指天地之間。
⑤ 邁：超過。
⑥ 見推：推崇我。見：相當於前置的「我」。

康僧淵以山喻鼻、潭喻眼，機智回應王導的取笑，展現了他幽默的一面，亦維護了自己的尊嚴。幽默是一種智慧的表現，尤其在家庭聚餐或朋友相聚的場合，往往能化解尷尬，緩和緊張氣氛。**試以「一次令我百感交集的聚餐」為題，寫一篇文章。」**（參考 2023 DSE 卷二 題一）

- **起**：隨着疫情放緩，我終於參加了一場期待已久的家庭聚餐。席間，大家有説有笑，分享着疫情期間的點滴趣事，彷彿一切都回到了從前。正當飯局進行得歡快之際，桌上一陣電話鈴聲劃破了歡愉。
- **承**：那是一個讓人心揪的號碼——疫情期間離世的阿姨的手機。霎時間，歡聲笑語凝固，空氣彷彿也停滯了。原來是表姐太過思念，一直捨不得註銷這個號碼，時常在想念時撥打過去，只為聽一聽那段溫暖的語音留言。這一刻，我看見每個人眼中都閃爍着複雜的情緒：有懷念，有不捨，有心痛，更有對生命無常的感慨。
- **轉**：「阿姨是不是也想來吃飯呀？」小侄女天真的話語，像一顆石子投進了平靜的湖面。有人笑了，有人哭了，有人低頭不語，有人輕輕嘆息。這一次百感交集的聚餐，既為重聚而喜悦，又為失去而悲傷；既為生命的脆弱而感傷，又為親情的永恆而溫暖；既心疼表姐的思念，又感動於她執着的愛。
- **合**：看着眾人臉上交織的笑與淚，我深深體會到：原來生命中的喜怒哀樂都是如此真實而珍貴，教會我們更懂得珍惜眼前人。

「謝安東山再起」

謝公在東山，朝命屢降而不動。後出為桓宣武司馬，將發新亭，朝士咸出瞻送。高靈時為中丞，亦往相祖。先時多少飲酒，因倚如醉，戲曰：「卿屢違朝旨，高臥東山，諸人每相與言：『安石不肯出，將如蒼生何！』今亦蒼生將如卿何？」謝笑而不答。

謝公作宣武司馬，屬門生數十人於田曹中郎趙悅子。悅子以告宣武，宣武云：「且為用半。」趙俄而悉用之，曰：「昔安石在東山，搢紳敦逼，恐不豫人事。況今自鄉選，反違之邪？」

謝安在東山隱居時，朝廷多次徵召他出仕，他都不為所動。四十一歲時，他才出山做桓溫的司馬。他準備從新亭出發時，朝中官員都前來送行。當時高崧任中丞，也去為他餞行。去之前，高崧已經喝了點酒，就借酒裝醉，調侃笑說：「你多次違抗朝廷的旨意，高臥在東山，大家常常互相交談說：『安石不肯出山，老百姓怎麼辦呢？』現在百姓對你又打算怎麼辦呢？」謝安笑而不答。

謝安出任桓溫的司馬時，將數十個門生推薦給田曹中郎趙悅。趙悅後來把此事向桓溫稟告，桓溫說：「暫時用其中的一半人吧。」不久之後，趙悅就把這些人全部錄用，他說：「以前謝安在東山隱居時，官員豪紳敦促他出山，唯恐他不參與政事。如今他出山，從自己家鄉中選拔出這些人，將這些門生託付給我，我怎能違背他的意願呢？」

這就是成語「東山再起」的由來。

謝安才華橫溢，但一直隱居東山，獨善其身之餘，一直悉心教導謝氏家族的子弟。謝家的青年才俊輩出，如才女謝道韞、車騎將軍謝玄等，跟謝安的教導息息相關。

謝安隱居東山時，堂兄謝尚、哥哥謝奕、弟弟謝萬都已高官厚祿。後來，兄弟謝奕、謝萬相繼去世，家族政治影響力驟降，作為備受推崇的名士，眾人均期望謝安出山。謝安出山後，表現出一個卓越政治家的才智，其後通過淝水之戰奠定東晉中興的局面，可見他沒有辜負大家的信任。在桓温死後，謝安擔任丞相，知人善任，輔佐晉孝武帝，將家族的榮耀推至最頂峰。

二十六、輕詆篇

輕蔑詆毀

《沙塵污人》

庾公權重①，足②傾③王公。庾在石頭④，王在冶城⑤坐⑥，大風揚塵，王以扇拂塵曰：「元規塵污⑦人。」

庾亮權勢很大，足以壓倒王導。庾亮在石頭城，王導在冶城坐鎮。一次，有一陣大風揚起了灰塵，**王導用扇子拂去塵土，說：「庾亮的塵土把人弄髒了。」**

① 權重：庾亮是晉明帝庾皇后之兄；明帝死，庾太后臨朝，亮以帝舅與王導同受顧命，輔助幼主成帝；此後庾亮威權自專，頗失人心。

② 足：足以、足夠。

③ 傾：壓倒、排擠。

④ 石頭：城名，故址在今南京西。

⑤ 冶城：城名，故址在今南京附近。

⑥ 坐：坐鎮。

⑦ 污：弄髒。

閱讀文言文中表層與深層的雙關意涵

表面上，王導因風沙揚塵而用扇拂塵；其深層的政治隱喻在於：「塵土」象徵庾亮的權勢和影響力。庾亮因妹妹庾文君成為晉明帝皇后而崛起，他主張「以法御下」，這與王導「寬和致治」的方針對立。「以法御下」源於法家思想，強調「法、術、勢」的結合，認為君主應通過法律手段來鞏固統治；而王導的「寬和致治」則體現了道家「無為而治」的思想，主張順應自然、減少干預，通過寬容和包容來實現社會的和諧。

當時，庾亮手握兵權，而王導雖為丞相，權力卻受到制約。王導用扇子拂去塵土，實際上是在表達他對庾亮權勢擴張，可能對自己或他人造成威脅或影響的不滿和憂慮。東晉士族慣用清談、比喻表達政治立場，此句話正體現了東晉士族政治「名士風度」下的權力博弈。（DSE 卷一：表層與深層的雙關意涵）

文言文練習（二十四）

桓温以牛況宏

桓公入洛，過淮泗，踐北境，與諸僚屬登平乘樓，眺矚中原。慨然曰：「遂使神州陸沉，百年丘墟，王夷甫諸人，不得不任其責！」袁虎率而對曰：「運自有廢興，豈必諸人之過？」桓公懍然作色，顧謂四坐曰：「諸君頗聞劉景升不？有大牛重千斤，啖芻豆十倍於常牛，負重致遠，曾不若一羸牸。魏武入荊州，烹以饗士卒，於時莫不稱快。」意以況袁。四坐既駭，袁亦失色。

桓温進兵洛陽，經過淮水、泗水，踏入北方邊境，與他的僚屬登上戰船的船樓上，遙望中原大地，感慨地說：「造成國土淪陷，百年廢墟的現狀，王衍等人是不能不承擔這一罪責的！」袁宏輕率地回答：「國運本來就有衰落和興盛的，難道一定是他們的過錯嗎？」桓温神色驟然嚴肅，變了臉色，環顧在座的人説：「各位都聽説過劉表嗎？他有一頭千斤重的大牛，吃的飼料是一般牛的十倍，然而牠載重物，走遠路，竟不如一頭瘦弱的母牛。曹操進入荊州後，就把這頭大牛煮了犒勞士兵，當時沒有人不叫好的。」意思是用大牛來比喻袁宏。滿座的人都非常驚慌，袁宏也嚇得臉色都變了。

1. 指出以下句子中帶有橫線的字詞意思。（5 分）

   (1) 踐北境　　踐：________

   (2) 王夷甫諸人不得不任其責　　任：________

   (3) 桓公懍然作色　　色：________

   (4) 啖芻豆十倍於常牛　　啖：________

   (5) 意以況袁　　況：________

2. 根據文意，把以下的句子語譯為白話文。

   (1)「運自有廢興，豈必諸人之過？」桓公懍然作色。（3 分）

   ____

   (2) 魏武入荊州，烹以饗士卒，於時莫不稱快。（3 分）

   ____

3. 根據文意，回答下列問題。

   桓温為甚麼要用劉表的大牛來比喻袁宏？（4 分）

   ____

總分：　　/15

二十七、假譎篇

虛假欺詐

《望梅止渴》、《懷刀心跳事件》

望梅止渴：

魏武行役[1]，失汲道[2]，軍皆渴，乃令曰：「前有大梅林，饒子[3]，甘酸可以解渴。」士卒聞之，口皆出水。乘[4]此得及前源。

懷刀心跳事件：

魏武常言：「人欲危己，己輒心動[5]。」因語所親小人[6]曰：「汝懷刃密[7]來我側，我必說心動，執[8]汝使行刑，汝但[9]勿言其使，無他，當厚相報。」執者信焉，不以為懼。遂斬之，此人至死不知也。左右以為實，謀逆者挫氣矣。

望梅止渴：

魏武帝曹操在行軍途中，找不到通向水源的道路，士兵們都很渴。於是他傳令說：「前面有一片大梅林，結了很多梅子，又甜又酸，可以解渴。」士兵一聽，嘴裏都流出了口水。趁着這情況，得以抵達前面有水的地方。

懷刀心跳事件：

魏武帝曹操經常說：「**如果有人想謀害我，我就會立刻心跳加速。**」於是他對身邊的侍從說：「你懷裏帶着刀偷偷地到我身旁，我就說心跳加速，捉住了你去行刑，你只要不說出指使你的人，那就不會有別的事，我一定要重金答謝你。」被捉的侍從信以為真，毫不畏懼，最後卻被斬殺了。這個人到死也不知道真相。曹操身邊的人都以為這是真的，想對他圖不軌的人也就都灰心喪氣不敢下手了。

① **行役：行軍。**
② **汲道：指通向水源的道路。汲：取水。**
③ **饒子：果實很多。饒：多，豐富。子：果實。**
④ **乘：趁着。**
⑤ **心動：指心跳加速。**
⑥ **所親小人：指親近的近侍僕從。**
⑦ **密：秘密、悄悄地。**
⑧ **執：抓住、逮捕。**
⑨ **但：只要。**

曹操的軍隊在炎炎烈日下行軍，口乾舌燥，疲憊不堪。面對這樣的困境，曹操沒有抱怨或放棄，而是巧妙地告訴士兵前方有梅林，以此激勵士兵繼續前行，最後成功走出困局。這正如我們在生活中面對種種不完美時，若能以積極的心態和創新的方法去應對，就能為原本黯淡無光的事物或心境增添新的活力與色彩，使生活變得更加豐富多彩。**試以「為不完美添色彩」為題，寫作文章一篇。**（參考 2025 DSE 卷二 題二）

- 祖母因中風而失語，這個不完美曾為我們帶來莫大困擾。每次探望，總是看着她急得揮手比劃，卻無法表達，那份着急與無助，彷彿為我們的天倫之樂蒙上了一層陰影。面對這個難關，我決定善用自己學習編程的專長，開發了一個簡單的溝通程式，把祖母日常用語製成圖像按鈕。我們發現這種獨特的溝通方式反而為我們的相處增添了新的色彩。看到祖母會心的微笑，讓我明白：只要懷着積極創新的心，即使是不完美，也能成為點亮生命的色彩。
- 梵高，一生窮困潦倒，生活常常陷入困境，連基本的溫飽都難以保障。儘管他的畫作在當時無人問津，但他從未放棄對繪畫的熱愛與追求，堅持創作。在畫《向日葵》時，他一遍又一遍地塗抹着鮮艷的黃色，彷彿為生活中的種種不完美，添上了絢麗的色彩。每一朵向日葵都像是他生命中的希望之光。
- 海倫・凱勒，她在一歲半時因一場重病失去了視力和聽力，生活在無聲無光的黑暗世界裏。但她憑借着頑強的毅力和對知識的渴望，學會了閱讀、寫作和説話，最終成為了一位著名的作家和社會活動家。她用自己的行動為生命中的不完美添上了堅韌的色彩。

學以致用

「曹操夢中殺人」

魏武常云：「我眠中不可妄近，近便斫人，亦不自覺。左右宜深慎此。」後陽眠，所幸一人竊以被覆之，因便斫殺。自爾每眠，左右莫敢近者。

魏武帝曹操曾經説：「我睡覺時，不要隨便靠近我。若靠近我，我就會殺人，我自己都不知道的。左右的人務必要注意這點。」有一天，曹操假裝睡熟了，他寵愛的一個侍從悄悄地拿被子來給他蓋上，曹操趁機殺掉了他。從此以後，他睡覺的時候，再也沒人敢接近他了。

《曹瞞傳》中記載，建安三年，曹操起兵征討袁術，久攻不下，士氣低落，糧草殆盡。他問主管糧食的人該如何應對。主管建議減半發放糧食，可以用小斛來量，曹操同意了。不久曹軍士兵因吃不飽而怨言四起，軍心不穩。曹操就把責任推給倉主管，說他克扣軍糧，把他殺了，還說：「特當借汝死以厭眾心」（特別要借你的死來平息眾怒）。之後，曹操傳令稱糧草充足，然後正常發糧，全力攻城，最終大敗袁術。

曹操，一向給人的印象就是那個在亂世中多疑善謀的政治家與軍事家。他的名言「寧教我負天下人，休叫天下人負我」，彷彿成了他一生的注腳，讓世人只看到他冷酷無情的一面。

然而，拋開政治權謀的表象，曹操實則是一位才華橫溢的詩人。他的詩作，既有「對酒當歌，人生幾何」的豪邁灑脫，抒發着對時光易逝、人生短暫的感慨；又有「周公吐哺，天下歸心」的壯志雄心，展現出他渴望招攬賢才、一統天下的宏偉抱負。曹操的詩，語言質樸而富有感染力，情感真摯而深沉。他的文學造詣，為後世留下了寶貴的文化遺產，讓我們得以窺見這位歷史人物更為真實、立體的一面。

二十八、黜免篇

貶斥罷免

《母猿肝腸寸斷》

桓公入蜀，至三峽中，部伍①中有得猿子②者，其母緣③岸哀號④，行百餘里不去，遂跳上船，至便即絕。破⑤視其腹中，腸皆寸寸斷。公聞之，怒，命黜⑥其人。

桓温率軍入蜀攻打成漢政權，軍隊行到三峽時，隊伍中有人捕得一隻小猿猴，母猿就沿岸哀嚎，一直跟着船走了一百多里也不肯離開，最後終於跳上船，一上船就氣絕身亡。**剖開母猿的肚子一看，腸子都一寸一寸地斷裂了。**桓温聽説此事，大為惱火，下令把那個捕猿的軍人革職。

① **部伍：軍隊。**
② **猿子：小猿。**
③ **緣：沿着。**
④ **哀號：悲傷地呼叫。**
⑤ **破：剖開。**
⑥ **黜：罷免、革職。**

儒家、道家對生命觀的對讀

儒家強調「仁者愛人」，而孟子進一步提出「惻隱之心，人皆有之」（《孟子．告子上》）。桓温因母猿之死而大怒，體現了儒家對生命的尊重，即使是對動物，也應懷有同情心；莊子的「齊物論」中主張萬物平等：「天地與我並生，萬物與我為一」，母猿的悲痛與人類無異，體現人與自然的情感相通；道家反對人為干預自然（《老子》：「人法地，地法天，天法道，道法自然」），捕猿者的行為違背自然之道，桓温的憤怒體現了他對生命的尊重和同情心。（DSE 卷一：儒家、道家對生命觀的對讀）

文言文練習（二十五）

庾冰報恩

蘇峻亂，諸庾逃散。庾冰時為吳郡，單身奔亡，民吏皆去，唯郡卒獨以小船載冰出錢塘口，蘧篨覆之。時峻賞募覓冰，屬所在搜檢甚急。卒捨船市渚，因飲酒醉還，舞棹向船曰：「何處覓庾吳郡？此中便是！」冰大惶怖，然不敢動。監司見船小裝狹，謂卒狂醉，都不復疑。自送過淛江，寄山陰魏家，得免。後事平，冰欲報卒，適其所願。卒曰：「出自廝下，不願名器；少苦執鞭，恆患不得快飲酒。使其酒足餘年畢矣，無所復須。」冰為起大舍，市奴婢，使門內有百斛酒，終其身。時謂此卒非唯有智，且亦達生。

蘇峻叛亂時，庾氏一族的人都逃散了。庾冰當時任吳郡內史，獨自逃亡。百姓和官吏都丟下他逃走了，只有郡裏一個差役單獨用小船載着庾冰逃出了錢塘江口，用粗竹席遮蓋着他。當時蘇峻正懸賞招人捉拿庾冰，囑咐部下四處搜查他，十分緊急。那個差役把小船停在集市上，去喝酒，喝醉後回來，揮舞着船槳，對着小船說：「還去哪裏尋找庾冰？這裏面就是！」庾冰非常驚慌，但又不敢動。搜查的人見這艘船很狹小，裝不下甚麼東西，認為差役喝醉了亂說話，一點也不再懷疑。庾冰自從被送到浙江，寄居在山陰魏家，才得以脱險。後來叛亂被平定，庾冰想要報答那個差役，滿足他的願望。差役說：「我是做雜役出身的，不想當官發財。從小就忙着做雜活，經常遺憾不能痛快地喝酒。只要能讓我後半輩子有足夠的酒喝，就滿足了，沒有其他要求了。」庾冰給他蓋了大房子，買奴婢，讓他家裏有上百斛的酒，一直供養終身。當時人說這位差役不但有智謀，而且對人生也很達觀。

1. 指出以下句子中帶有橫線的字詞意思。（5 分）

(1) 時峻賞募覓冰　　覓：__________

(2) 屬所在搜檢甚急　　屬：__________

(3) 冰欲報卒　　報：__________

(4) 適其所願　　適：__________

(5) 市奴婢　　市：__________

2. 根據文意，把以下的句子語譯為白話文。

(1) 冰大惶怖，然不敢動。監司見船小裝狹，謂卒狂醉。（3 分）

____

(2) 冰為起大舍，市奴婢，使門內有百斛酒，終其身。（3 分）

____

3. 根據文意，回答下列問題。

從府役的要求中，可以看出府役對生活的態度是怎樣的？（4 分）

____

____

____

總分：　　/15

二十九、儉嗇篇

節儉吝嗇

《王戎燭下數家產》、《王戎李子核上打洞》

王戎燭下數家產：

司徒王戎，既貴且富，區宅、僮牧、膏田[①]、水碓[②]之屬[③]，洛下無比。契疏[④]鞅掌[⑤]，每與夫人燭下散籌[⑥]算計。

王戎李子核上打洞：

王戎有好李，賣之，恐[⑦]人得其種，恆鑽其核[⑧]。

王戎燭下數家產：

司徒王戎，既是權貴，又是富戶，他所擁有的屋舍庭院、奴僕、良田、水碓作坊之類，在洛陽無人可比。**契約帳簿眾多，經常與妻子在燭光下攤開籌碼，計算家產。**

王戎李子核上打洞：

王戎家有品種很好的李子，賣出李子時，恐怕別人得到他的良種，總是先把李子核鑽破。

① **膏田：肥沃的田地。**
② **水碓：利用水力加工糧食的作坊。碓：舂米的器具。**
③ **屬：類別。**
④ **契疏：契約、帳簿。**
⑤ **鞅掌：眾多。**
⑥ **籌：記數和計算用的籌碼。**
⑦ **恐：擔心。**
⑧ **恒：常常，總是。核上打洞，種子就種不出芽了。**

金錢能為孩子提供豐富的教育資源和生活條件，讓他們在競爭中佔據一定優勢。然而，金錢並非成就的唯一決定因素，甚至在某些情況下還可能成為阻礙。從《王戎燭下數家產》和《王戎李子核上打洞》中可見，金錢並未讓王戎展現更高的格局與成就，反而暴露了他狹隘計較的一面。有人認為：「具備富足物質條件的孩子更有成就。」你同意嗎？試撰文一篇，論述你的看法。（參考 2021 DSE 卷二 題二「富足的物質條件有利孩子成長。」）

中心論點：金錢雖然能提供助力，但成就的關鍵在於個人的努力與價值觀。

- **分論點一：金錢提供資源優勢，但並非成功的決定因素。**
  以 Facebook 創辦人馬克 • 祖克伯格為例，雖然他出身優渥，父母能夠為他提供良好的教育資源和編程培訓，但真正讓他成功的是他對編程的熱情和持續不懈的努力。金錢雖然能提供起步優勢，但若缺乏個人努力，單靠資源優勢是無法達至真正的成就。

- **分論點二：沒有正確的價值觀，即使擁有優越的條件也難以獲得真正的成就。**
  出身於晉代名門世家的王戎，家財萬貫，但其在李子核上打洞，沉溺於蠅頭小利，這些行徑顯得格局狹小，不但沒有創造更大的成就，反而因為市儈行徑而遺臭萬年。

- **分論點三：金錢雖然能提供教育資源和發展機會，但過度依賴反而會成為成**長的絆腳石。

  中國「富二代」薄瓜瓜，家族財富為他搭建起豪華的成長平台。從國內貴族學校到海外知名學府。憑借這些資源，他取得一定成果，看似風光無限。但過度依賴金錢，使他面對挫折時缺乏獨立思考與解決問題的能力，在團隊協作等項目中難以充分發揮潛力。而且，物質享受讓他迷失方向，將金錢與權力視為成功唯一標準，價值觀嚴重扭曲，忽略精神成長與社會責任。

「王衍與妻子」

王夷甫雅尚玄遠，常嫉其婦貪濁，口未嘗言「錢」字。婦欲試之，令婢以錢繞牀，不得行。夷甫晨起，見錢閡行，呼婢曰：「舉卻阿堵物！」

王衍，西晉清談領袖，喜好談論老莊，雖位居宰輔之位，卻不以治國為念。王衍的妻子與晉惠帝皇后賈南風是表姐妹，她生性笨拙而又固執蠻橫，聚斂錢財貪得無厭。而王衍一向崇尚玄理，總是厭惡他妻子的貪婪污濁，所以他的嘴裏從來不說「錢」這個字。他妻子想試探一下，就叫婢女用錢繞着牀擺放，讓他不能行走。王衍清晨起來後，看見一堆錢阻礙了自己的路，便呼喊婢女道：「舉卻阿堵物！」意思是挪開這些東西，他堅決不提「錢」字。後世以「阿堵物」代指錢。

王衍愛好清談，每逢説錯説漏，或是自相矛盾，他都毫不在意，隨口更改。因此，人們説他「口中雌黃」，即隨口亂説的意思。

到了「永嘉之亂」，匈奴入侵西晉，晉軍最後被石勒擊敗，王衍不幸成了俘虜。石勒雖然欣賞王衍的風度神采，但後來王衍為求苟且偷生，竟勸石勒稱帝，石勒認為他身為晉國三公之一，毫無忠義節操，將他殺死。

這就是成語「信口雌黃」的由來。

「生，亦我所欲也，義，亦我所欲也。二者不可得兼，捨生而取義者也。」但王衍面對危難、險境時，身為西晉三公之一的他，為求苟且偷生，竟然選擇捨義取生，令人不齒，最終被石勒俘殺。王衍缺少的不是才氣，而是一種勇於擔當、捨生取義，以天下為己任的精神。王衍臨死前才醒悟自己清談玄理，沒有努力為天下做事，不僅害己，還會誤國。可惜一切已太遲了。

《王衍殺司馬權之愛牛》

彭城王有快牛，至①愛惜之。王太尉與射②，賭得之。彭城王曰：「君欲自乘③，則不論；若欲噉④者，當以二十肥者代之。既不廢⑤啖，又存所愛。」王遂⑥殺噉。

彭城王司馬權有一頭跑得很快的牛，他非常愛惜牠。太尉王衍與他賭射箭，贏得了這頭牛。彭城王說：「您想拿它來駕車，那我就不說甚麼；假如您想殺來吃的話，那我願用二十頭肥牛來跟您換。這樣，**既不耽誤您吃牛肉，又能留住我所愛的牛。**」王衍竟然把這頭牛殺掉吃了。

① 至：非常、極其。
② 乘：駕駛、駕馭。
③ 不論：不討論、不評定。
④ 噉：吃。
⑤ 廢：浪費、停止。
⑥ 遂：竟然。

《論語》名言「己所不欲，勿施於人」

彭城王對快牛的愛惜之情顯而易見，他甚至願意用二十頭肥牛來交換，以保全這頭快牛。這體現了彭城王對這頭快牛的深厚情感，以及對王衍的一種寬容和理解。然而，這種理解並未被王衍所接受。王衍選擇殺掉這頭快牛並吃掉它，這一行為無疑忽視了彭城王對快牛的情感，也違背了「己所不欲，勿施於人」的原則。「己所不欲，勿施於人」不僅是一種道德準則，也是一種人際交往的智慧。在與他人相處時，我們應該學會尊重和理解他人的情感和選擇，以寬容的心態相待。（DSE卷一：《論語》名言「己所不欲，勿施於人」）

文言文練習（二十六）

石崇殺勸酒美女

石崇每要客燕集，常令美人行酒，客飲酒不盡者，使黃門交斬美人。王丞相與大將軍嘗共詣崇，丞相素不能飲，輒自勉強，至於沉醉。每至大將軍，固不飲，以觀其變，已斬三人，顏色如故，尚不肯飲。丞相讓之，大將軍曰：「自殺伊家人，何預卿事！」

石崇每次請客設宴，總讓美人斟酒勸飲。如果賓客不能把酒喝完，他就命令家奴交替殺掉勸酒的美人。丞相王導曾和大將軍王敦一同去拜訪石崇，王導平常一向不會喝酒，也會勉強自己，一直喝到大醉。每當美人給王敦勸酒時，他就堅持不喝，要看石崇怎麼辦。石崇已經接連斬殺了三個美人，王敦神色如常，還是不肯喝。王導責備他，王敦說：「石崇殺自己家的人，關你甚麼事！」

1. 指出以下句子中帶有橫線的字詞意思。（5 分）

   (1) 使黃門交斬美人　　交：__________

   (2) 固不飲　　固：__________

   (3) 尚不肯飲　　尚：__________

   (4) 丞相讓之　　讓：__________

   (5) 自殺伊家人　　伊：__________

2. 根據文意，把以下的句子語譯為白話文。

   (1) 常令美人行酒，客飲酒不盡者，使黃門交斬美人。（3 分）

   ____

   (2) 丞相讓之，大將軍曰 :「自殺伊家人，何預卿事！」（3 分）

   ____

3. 根據文意，回答下列問題。

   王導和王敦對石崇的規矩有甚麼不同的反應？這反映了兩人的性格如何？（4 分）

   ____

總分：　　/15

三十一、忿狷篇

憤怒急躁

壹《曹操殺歌妓》

魏武有一妓[1]，聲最清高[2]，而情性酷惡[3]。欲殺則愛才，欲置[4]則不堪[5]。於是選百人一時俱教。少時果有一人聲及之，便殺惡性者。

魏武帝曹操有一名歌女，歌聲清脆高昂，但性情極其惡劣。**曹操想殺掉她，又愛惜她的才華；想放任她不理會，卻又不能忍受。**於是挑選了一百名歌女同時教導。不久，果真有一名歌女的歌喉能趕上她，曹操就把那性情惡劣的歌女殺了。

① 妓：古代貴族家中從事音樂、歌舞表演的女侍。
② 清高：指聲音清脆高昂。
③ 酷惡：極其惡劣。酷：極，甚。
④ 置：放棄、放逐。
⑤ 不堪：不能忍受、不可接受。

壞脾氣的歌女雖然才華出眾，但她的性格問題讓她無法與人合作，甚至讓曹操無法忍受。這說明即使一個人擁有再高的能力，如果缺乏情商，也難以在團體或社會中立足。這反映出情商在維繫人際關係中的重要性。**有人認為：「情商比智商更重要」你同意嗎？試撰文一篇，論述你的看法。**（參考 DSE 2019 卷二 題二 「想想別人。」）

【層層遞進：從個人到社會，從小事到大事】

- **分論點一【古今結合＋引用數據】：**

  情商影響人際關係，是現今社會成功的關鍵。在現今強調協作的社會中，沒有人能獨善其身。《曹操殺歌妓》中，那位歌女雖然擁有出眾的歌喉，但因情商低下，無法與人和諧相處，最終被替代並處死。根據哈佛商學院的研究，高情商員工的升遷速度比單純依靠專業技能的員工快出 1.5 倍。在團隊協作中，情商對項目成功率的影響高達 70%。

- **分論點二【比喻論證】：**

  智商與情商相輔相成，但情商更能促進能力的實踐與發揮。智商與情商就像車的兩個輪子，缺一不可。智商提供了基礎能力，但情商則決定了這些能力能否得到充分發揮。以阿里巴巴創辦人馬雲為例，他雖然不是頂尖學府出身，但憑藉極高的情商，善於溝通協調，成功建立了龐大的商業帝國。

- **分論點三【對比論證】：**

  情商在解決衝突和危機處理中更具優勢。南非前總統納爾遜・曼德拉的故事最能體現情商的重要性。他在被監禁 27 年後，沒有因憤怒或怨恨而採取報復行動，而是選擇以同理心化解種族對立。這種高情商的表現，不僅避免了國家陷入內戰，更為世界和平樹立了典範。

王導之「我不殺伯仁，伯仁卻因我而死」

王大將軍起事，丞相兄弟詣闕謝。周侯深憂諸王，始入，甚有憂色。丞相呼周侯曰：「百口委卿！」周直過不應。

既入，苦相存救。既釋，周大說，飲酒。及出，諸王故在門。周曰：「今年殺諸賊奴，當取金印如斗大，繫肘後。」大將軍至石頭，問丞相曰：「周侯可為三公不？」丞相不答。又問：「可為尚書令不？」又不應。因云：「如此，唯當殺之耳！」復默然。逮周侯被害，丞相後知周侯救己，嘆曰：「我不殺周侯，周侯由我而死，幽冥中負此人！」

大將軍王敦造反後，因王敦為丞相王導的從兄，王敦既已謀反，劉隗勸晉元帝司馬睿盡誅王氏一族。王導只好帶領宗族子弟，每天清晨跪在朝廷外請罪。周顗素來與王導交誼甚厚，深為王導一家擔憂。他寫好奏折，入宮拜見晉元帝司馬睿，為王導一家說情。當王導在宮門口看見周顗，急忙呼叫他說：「我王家上百口人就拜託您了！」周顗卻徑直走了過去，沒有理會他。進宮後，他用盡全力地求情，終於保全了王家。元帝最後決定赦免他們，周顗非常高興，就喝起酒來。他要出宮的時候，王導兄弟還跪在宮門。周顗說：「今年要殺掉亂臣賊子，我等或可升官進爵。」此乃周顗出戰前的豪語，但王導誤以為周顗不僅不施援手，反而落井下石，想借殺王敦來升官進爵。

當王敦攻破了石頭城以後，問王導說：「周顗可以做三公嗎？」王導不回答。又問：「可以做尚書令嗎？」王導又不回答。王敦就說：「看這樣，只能殺了他了！」王導依舊沉默不言。直到周顗被殺以後，王導整理中書文件，才看到周顗營救他的奏表，言辭感人，他只能悲嘆說：「我不殺伯仁，伯仁卻因我而死，就是到了陰間，我也對不起這個人啊！」

「我不殺伯仁，伯仁卻因我而死」，讀後深深為周顗與王導之間的友誼感到惋惜。曾經的二人，談笑風生，王導譏笑周顗腹中空空無一物，不學無術，但周顗卻自嘲雖然自己腹中空洞無物，卻能容下幾百個像王導這樣的朋友。但最後二人因誤會，而錯殺自己的好友及恩人，令人扼腕嘆息。

貳《王藍田能有所容》

謝無奕性粗強[①]。以事不相得[②]，自往數[③]王藍田，肆言極罵。王正色[④]面壁不敢動，半日。謝去良久，轉頭問左右小吏曰：「去未？」答云：「已去。」然後覆坐。**時人嘆其性急而能有所容[⑤]。**

謝奕性情粗暴固執。因某事與王述不相融洽，就親自跑去數落藍田侯王述，肆意攻擊謾罵。王述臉色嚴肅地轉身面對着牆壁坐着，不敢動。過了半天，謝無奕已經走了很久，他才回過頭問身旁的小吏說：「走了沒有？」小吏回答說：「已經走了。」然後才轉過身坐回原處。**當時的人讚賞他雖然性情急躁，卻有容人之量。**

① **粗強：浮躁倔強。**
② **不相得：互相不融洽、不和諧。**
③ **數：數落。**
④ **正色：嚴肅的神色。**
⑤ **容：寬容、容納。**

王述與論語「克己復禮」

「克己復禮」強調人們應該克制自己的私欲，使言行舉止符合禮節。謝奕性情浮躁倔強，遇事不能克制自己，而是任由情緒驅使，親自跑去數落並大罵王述。他的行為毫無顧忌，完全違背了「克己復禮」的原則。相比之下，王述面對謝奕的無禮挑釁，他並未動怒或反擊，而是保持臉色嚴肅，一動不動地坐着。**王述的容忍並非懦弱或退讓，而是在克制自己情緒的同時，以一種理智和沉着的方式來應對衝突，使自己的行為符合禮節。**（參考指定文言經典——《論語》）

文言文練習（二十七）

王藍田吃雞蛋

王藍田性急。嘗食雞子，以筯刺之，不得，便大怒，舉以擲地。雞子於地圓轉未止，仍下地以屐齒踞之，又不得。瞋甚，復於地取內口中，齧破，即吐之。王右軍聞而大笑曰：「使安期有此性，猶當無一豪可論，況藍田邪？」

藍田侯王述性情急躁。曾有一次他吃雞蛋，用筷子去戳，戳不進，就大發脾氣，拿起雞蛋，扔在地上。雞蛋在地上轉個不停，於是他跳下地，提起腳用木屐的齒去踩，又沒有踩破。他憤怒極了，又從地上撿起雞蛋，放進嘴裏，狠狠咬破雞蛋，又馬上吐出來。王羲之聽說這件事後大笑說：「就算是他父親王安期（王承）有這種脾氣，尚且沒有一點可取之處，更何況他的兒子王述呢？」

1. 指出以下句子中帶有橫線的字詞意思。（5 分）

   (1) 以筯刺之　　筯：__________

   (2) 仍下地以屐齒踞之　　仍：__________

   (3) 瞋甚　　瞋：__________

   (4) 齧破即吐之　　齧：__________

   (5) 猶當無一豪可論　　猶：__________

2. 根據文意，把以下的句子語譯為白話文。

   (1) 以筯刺之，不得，便大怒，舉以擲地。雞子於地圓轉未止。（3 分）

   ____

   (2) 瞋甚，復於地取內口中，齧破即吐之。（3 分）

   ____

3. 根據文意，回答下列問題。

   王述在故事中表現出的性格特徵是甚麼？這些特徵如何影響了他的行為？請舉例說明。（4 分）

   ____

總分：　　/15

三十二、讒險篇

奸詐陰險

《妙計息讒言》

王緒數讒[①]殷荊州於王國寶，殷甚患之，求術[②]於王東亭。曰：「卿但[③]數詣王緒，往輒屏人[④]，因[⑤]論它事。如此，則二王之好離矣。」殷從之。國寶見王緒，問曰：「比[⑥]與仲堪屏人何所道？」緒云：「故[⑦]是常往來，無它所論。」國寶謂緒於己有隱，果情好日疏，讒言以息[⑧]。

王緒屢次對王國寶説荊州刺史殷仲堪的壞話，殷仲堪對此事非常憂慮，向東亭侯王珣請教應付的方法。王珣說：「你只要經常去拜訪王緒，每次去就屏退左右的人，趁機談論其他的事。這樣，那王緒和王國寶的交情就會自然疏遠了。」殷仲堪照着做了。王國寶見到王緒，就問：「近來你與殷仲堪屏退眾人，説些甚麼？」王緒說：「還是日常往來，並沒有議論其他。」**王國寶認為王緒對自己有所隱瞞，果然兩人的感情日漸疏遠，對殷仲堪的讒言也就停息了。**

① **讒：讒言、毀謗。**
② **術：方法、辦法。**
③ **但：只要、只需。**
④ **屏人：叫人避開。屏：屏退。**
⑤ **因：趁機、借機。**
⑥ **比：最近、近來。**
⑦ **故：還是、仍然。**
⑧ **息：消失、停息。**

故事中的王國寶與王緒因猜疑，逐漸失去對彼此的信任，最終走向疏遠。這反映了偏見對人際關係的影響，同時也為我們如何通過智慧來消除偏見提供了深刻的啟示。試以「偏見」為題，寫作文章一篇。（參考 2013 DSE 卷二 題三）

引入：以日常生活中常見的偏見現象為切入點，例如對陌生人或同事的第一印象，或因謠言對某人產生誤解。提出中心論點 —— 偏見會遮蔽事實，影響判斷，甚至破壞人際關係，但它是可以通過努力消除的。

- **分論點一：偏見源於片面之見，通常來自單一信息或主觀成見。**
  一旦偏見形成，我們就如同戴上了一副有色眼鏡，只能看到他人的缺點和不足，而忽視了他們的優點和閃光點。這種片面的認知，讓我們在與人交往時充滿了防備和敵意，使得原本親密的關係變得緊張和脆弱。
- **分論點二：偏見的形成往往與自身的思維局限有關，只有自省，才能發現問題的根源，進而改變看法。**
  北宋名臣范仲淹早年因為對貧苦百姓的生活缺乏了解，而產生偏見。然而，當他被調任到地方任職後，親眼目睹了百姓的疾苦，開始反思自己的成見。經過自省後，他提出了「先天下之憂而憂，後天下之樂而樂」的理念，並積極推行改革，改善百姓的生活。
- **分論點三：智慧是消除偏見的利器。**
  智慧讓我們能夠以客觀、理性的眼光看待問題，不被片面的信息所迷惑。當我們遇到與自己觀念不同的人時，不要急於下結論，而是要用心去傾聽他們的聲音，瞭解他們的想法和感受。「海納百川，有容乃大」，在與他人交往時，要保持一顆謙遜、包容的心，尊重他人的差異和選擇。

學以致用

「藝術家戴逵隱居」

戴安道年十餘歲，在瓦官寺畫。王長史見之，曰：「此童非徒能畫，亦終當致名。恨吾老，不見其盛時耳！」

戴公從東出，謝太傅往看之。謝本輕戴，見，但與論琴書。戴既無吝色，而談琴書愈妙。謝悠然知其量。

戴安道既厲操東山，而其兄欲建式遏之功。謝太傅曰：「卿兄弟志業，何其太殊？」戴曰：「下官不堪其憂，家弟不改其樂。」

郗超每聞欲高尚隱退者，輒為辦百萬資，並為造立居宇。在剡為戴公起宅，甚精整。戴始往舊居，與所親書曰：「近至剡，如官舍。」

戴逵十多歲的時候，在建康城（今南京）內的瓦官寺作畫。長史王濛看到了，說：「這個孩子不僅僅能畫畫，以後一定會名揚四海。可惜我年紀大了，看不到他出名的那一天。」

後來戴逵到京城，謝安前去拜訪。謝安本有些輕視戴逵，兩人見了面後，也只是與戴逵討論琴技書法。戴逵毫無不樂意的神色，暢所欲言，談起琴技與書法來愈談愈精妙。謝安這才深深感受到戴逵那種悠然自得的風度。

當時，戴逵已經隱居在東山，磨礪情操，而他哥哥卻一心想建功立業。謝安對他哥哥說：「你們兄弟倆的志向目標，怎麼會差異這麼大呢？」他哥哥回答說自己「不堪其憂」，弟弟則「不改其樂」。意思是自己忍受不了這種貧苦，而弟弟卻能安貧樂道，淡然處之。

郗超只要聽到有人要去過超脱世俗的隱居生活，總會為他們準備好大量的錢財，還給他們造好房子。他在會稽（今紹興）剡縣（今浙江嵊州）給戴逵蓋了一所房子，精美整潔。戴逵剛住進去的時候，給親友寫信説：「最近我到了剡縣，就像住進了官府裏一樣。」

戴逵，東晉藝術家，善鼓琴，精繪畫，鑄雕像。為人重氣節，不趨名利。晚年隱居會稽剡縣，朝廷多次徵召，但終身不仕。東晉士人視隱逸為超脱世俗的理想之舉，可以淡化對統治者的反抗與不合作態度，是當時士人的選擇，其中的代表人物就是「竹林七賢」。而朝廷則認為有隱士棲遁，為政治昇平的點綴，如郗超自己不能擺脱世情，卻願別人脱俗隱居，可見當時重視隱逸之風。

三十三、尤悔篇

過失懊悔

壹《謝安失長兄》

謝太傅於東船行，小人引船[①]，或遲或速，或停或待，又放船從橫[②]，撞人觸岸，公初不呵譴[③]，人謂公常無嗔[④]喜。曾送兄征西葬還，日莫[⑤]雨駛，小人皆醉，不可處分，公乃於車中手取車柱撞馭人，聲色甚厲。夫以水性沉柔，入隘奔激，方[⑥]之人情，固知迫隘之地，無得保其夷粹[⑦]。

謝安在會稽坐船出行，僕役行船，有時慢，有時快，有時停頓，有時等候，有時任由船在水中縱來橫去，撞着人或觸着岸，謝安從來都不加斥責。人們説他性情和順，喜怒不形於色。曾有一次為他的兄長鎮西將軍謝奕送葬回來，天晚雨急，車夫都喝醉了，無法工作，謝安就在車裏取出車柱撞擊車夫，聲色俱厲。**這就像水的性質是深沉而柔和的，流入狹窄之處就急速奔湧，與人的性情相比，自然可知處於狹窄、局促之地（危險、緊張之時），就不能保持那種平和的態度了。**

① 引船：行船。
② 從橫：同「縱橫」，交錯不順。
③ 呵譴：斥責。
④ 嗔：憤怒。
⑤ 莫：同「暮」，日落、傍晚。
⑥ 方：比。
⑦ 夷粹：平和純正。

閱讀摘星筆記

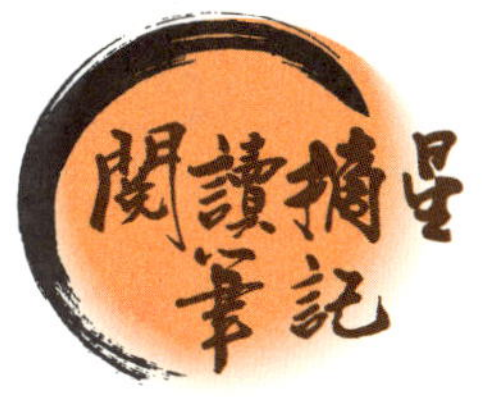

文言文中的「意象」

謝安與水，恰似兩面鏡子。謝安，平日裏如靜水深流，性情和順，喜怒不形於色，對僕役之過失，寬容以待，恰如湖面之平靜，波瀾不驚。然而，遇急難之事，如送兄長歸葬途中遇雨夜，車夫醉倒，他則如狹谷激流，聲色俱厲，一改往日之沉靜。水，亦復如是，廣闊處悠然自得，狹窄處奔騰咆哮。謝安之性情，隨境而遷，如水之形態，因勢而變。（DSE 卷一：意象）

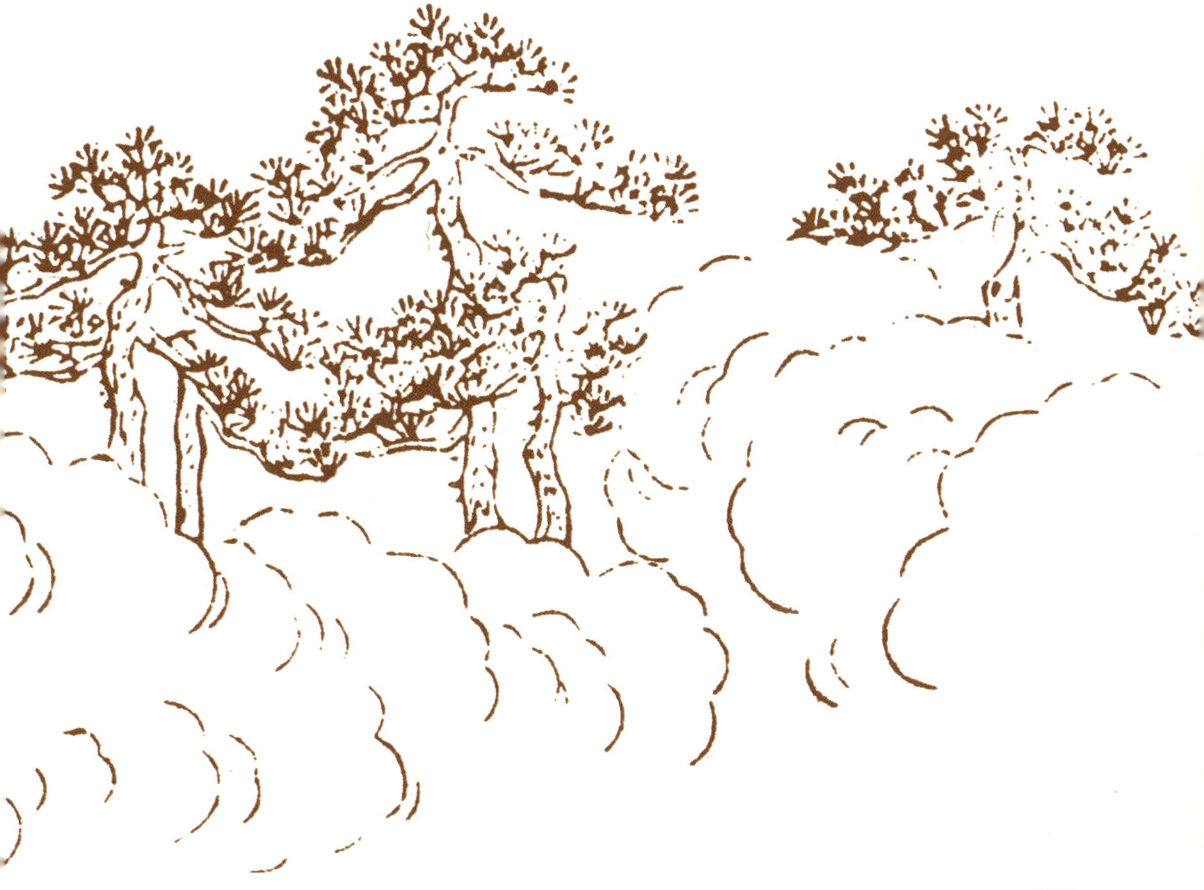

文言文練習（二十八）

謝安的領導才能

謝萬北征，常以嘯詠自高，未嘗撫慰眾士。謝公甚器愛萬，而審其必敗，乃俱行，從容謂萬曰：「汝為元帥，宜數喚諸將宴會，以說眾心。」萬從之。因召集諸將，都無所說，直以如意指四坐云：「諸君皆是勁卒。」諸將甚忿恨之。謝公欲深箸恩信，自隊主將帥以下，無不身造，厚相遜謝。及萬事敗，軍中因欲除之。覆云：「當為隱士。」故幸而得免。

謝萬帶兵北伐時，經常用長嘯、吟詠來展示自己高超脫俗，從來沒有去安撫慰問過眾將士。謝安非常器重、愛護謝萬，但察知他一定會失敗，就與謝萬一起出行，又曾溫和地對謝萬說：「你是元帥，應當多請各將領一起宴會，以博得眾將的歡心。」謝萬聽從了謝安的話，就召集各將領，但甚麼都沒說，只是用如意指了指四座的人，說：「各位都是很厲害的戰士。」各將領更加痛恨謝萬。謝安想對將士們彰明恩德與信任，從隊長以至主帥，按大小將領的次序，沒有不親自拜訪，非常誠摯地道歉。後來，謝萬北伐失敗後，軍中將士想要殺掉他。後來又說：「看在隱士（謝安）的面子。」所以謝萬僥倖免於一死。

1. 指出以下句子中帶有橫線的字詞意思。（5 分）

   (1) 而審其必敗　審：________

   (2) 宜數喚諸將宴會　數：________

   (3) 以說眾心　說：________

   (4) 謝公欲深箸恩信　箸：________

   (5) 故幸而得免　免：________

2. 根據文意，把以下的句子語譯為白話文。

   (1) 未嘗撫慰眾士。謝公甚器愛萬，而審其必敗，乃俱行。（3 分）

   ____

   (2) 謝公欲深箸恩信，自隊主將帥以下，無不身造，厚相遜謝。（3分）

   ____

3. 根據文意，回答下列問題。

   謝安採取了哪些措施來緩解謝萬的困境？（4 分）

   ____

總分：　　/15

貳《簡文帝不識稻》

簡文見田稻不識①，問是何草？左右答是稻。簡文還，三日不出，云：「寧②有賴其末③，而不識其本④！」

簡文帝看到田裏的稻子但不認識，便問是甚麼草，侍從回答説是稻子。簡文帝回去後，三天沒有出門，説：「**我怎麼能依賴它的谷穗生活，卻不認識它的本源呢！**」

① **簡文：晉簡文帝司馬昱。**
② **寧：豈能。**
③ **末：梢、末端，此指稻谷。**
④ **本：草木的根本，此指稻禾。**

簡文帝不認識稻子，卻深刻反思自己身為君主，依靠稻米養活天下百姓，卻對其本質一無所知，這種「忽略」讓他感到羞愧。日常生活中有許多看似平凡的事物，實則蘊含着深刻的價值，而我們往往因忙碌或習慣而忽略了它們。**試以「原來我們忽略了不少日常生活中的美好」為題，寫作文章一篇。**（參考 2023 DSE 卷二 題二）

- 在一個夏日的午後，爺爺指着金黃的稻田問我，我卻説不出名字。每天食用的米飯，原來我連它最初的模樣都認不出。這份羞愧觸動了我，開始反思生活中還有多少習以為常卻從未真正了解的事物，生活太快，我們總是忘了停下來看看。於是在爺爺的帶領下，我第一次走進稻田，彎腰插秧，感受泥土的溫度。我開始留意稻苗的生長，看着稻穗從青澀到金黃的蛻變，讓我明白了一切來之不易。漸漸地，我學會了用心感受身邊的一切。這些平凡的事物，都承載着無數人的心血與愛。我開始珍惜生活中的每一個細節，因為我知道，最美的風景往往就在身邊，只是我們總是忘了停下腳步去發現，去欣賞。

- 在一個尋常的下午，媽媽請我幫她設定手機鬧鐘，無意中看到她的備忘錄裏密密麻麻全是關於我的記錄：「明天會下雨，要提醒女兒帶傘」、「感冒季節到了，要準備薑茶」、「考試前胃口不佳」。看着這些文字，我開始回想生活中被我視為理所當然的照顧：為甚麼感冒時總能喝到溫度適中的薑茶，為甚麼考試前總有開胃的便當，為甚麼下雨天書包裏總會多出一把傘。這些被我忽略的關懷，背後原來都是媽媽一點一滴的愛，而我卻從未想過這份愛背後需要付出多少心血。只要我們放慢腳步，用心去感受，就能發現生活中的點點滴滴都充滿了愛與溫暖。

「晉明帝的金馬鞭」

王大將軍既為逆，頓軍姑孰。晉明帝以英武之才，猶相猜憚，乃箸戎服，騎巴賨馬，賫一金馬鞭，陰察軍形勢。未至十餘里，有一客姥居店賣食，帝過愒之，謂姥曰：「王敦舉兵圖逆，猜害忠良，朝廷駭懼，社稷是憂，故劬勞晨夕，用相覘察。恐形跡危露，或致狼狽。追迫之日，姥其匿之。」便與客姥馬鞭而去，行敦營匝而出。軍士覺，曰：「此非常人也！」敦臥心動，曰：「此必黃鬚鮮卑奴來！」命騎追之，已覺多許里。追士因問向姥：「不見一黃鬚人騎馬度此邪？」姥曰：「去已久矣，不可復及。」於是騎人息意而反。

大將軍王敦造反後，把軍隊駐紮在姑孰。晉明帝司馬紹雖然英武，還是很忌憚他。於是，晉明帝穿上軍服，騎着良馬，手執一條金馬鞭，暗地裏去王敦軍營偵察形勢。

在距離王敦的軍營還有十多里的地方，有一位外地來的老婦在店裏賣吃的，晉明帝路過，便停下來休息，對她説：「王敦起兵圖謀叛亂，陷害忠良，朝廷上下驚慌害怕，國家的存亡令人擔憂，所以我日夜兼程來探查形勢。我擔心行動洩露後會陷入險境。萬一我被追擊，希望您能為我保密。」於是明帝把金馬鞭送給了老婦就離開了。

明帝去王敦的軍營周圍繞了一圈出來。士兵們發現了他，説：「這不是一般人！」王敦躺着突然心跳加速，説：「肯定是那個黃鬍子鮮卑奴才來了！」下令讓騎兵去追擊。追擊的士兵問那位老婦，有沒有看見一個黃鬍子的人騎馬經過這裏。老婦回答説：「離開很久了，追不上了。這是他留下的金馬鞭。」士兵見了金馬鞭，信以為真，便放棄了追殺。

晉明帝司馬紹是東晉的第二任皇帝，司馬睿之子，就是那個「舉目見日，不見長安」機智聰明的小太子。

公元 323 年，大將軍王敦造反，晉明帝冒險偵察敵方軍情。脱險後的晉明帝，親率大軍平亂，三年後東晉轉危為安。可惜，叛亂平定一年後，雄才大略的晉明帝突然病逝，年僅二十七歲。

三十四、紕漏篇
錯失疏漏

壹《王敦喝洗手水》

王敦初尚主①，如廁，見漆箱盛乾棗，本以塞鼻，王謂廁上亦下果，食遂至盡。既還，婢擎②金澡盤盛水，琉璃碗盛澡豆③，因倒箸水中而飲之，謂是乾飯。群婢莫不掩口而笑之。

譯文

王敦剛剛娶公主為妻的時候，有一次上廁所，看見漆箱中裝着乾棗，這本來是用來堵鼻子的，王敦以為廁所裏也擺設果品，就把乾棗全吃光。從廁所回到屋裏，婢女端着裝水的金澡盤和裝澡豆的琉璃碗。王敦把澡豆倒在水裏喝了，以為這些是乾糧。**婢女們沒有一個不掩口而笑他的。**

① **尚主：娶公主為妻。尚：與地位比自己高的人婚配。**
② **擎：拿、端。**
③ **澡豆：一種丸劑，用豌豆末和香藥制成，以洗手面或衣物，使清潔而有光澤。**

閱讀摘星筆記

文言文中的人物描寫手法

1. 行動描寫：
通過王敦的行為舉止，如他將用來塞鼻孔的乾棗當作果品吃掉，又將澡豆當作乾飯吃下，生動地刻畫出王敦對宮廷習俗的陌生和不解。

2 側面描寫：
以側面寫正面，
通過婢女們的反應和嘲笑來突出王敦的形象。婢女們的掩口而笑不僅表現了她們對王敦無知行為的輕視，也間接反映了王敦在宮廷中的尷尬處境。

善用人物描寫手法生動地表現了王敦的質樸、無知與尷尬，同時也反映了當時社會階層差異和文化習俗的不同。（DSE 卷一：人物描寫手法）

文言文練習（二十九）

賭神袁彥道

桓宣武少家貧，戲大輸，債主敦求甚切。思自振之方，莫知所出。陳郡袁躭俊邁多能，宣武欲求救於躭。躭時居艱，恐致疑，試以告焉。應聲便許，略無慊吝。遂變服，懷布帽，隨溫去，與債主戲。躭素有藝名，債主就局，曰：「汝故當不辦作袁彥道邪？」遂共戲。十萬一擲，直上百萬數，投馬絕叫，傍若無人，探布帽擲對人曰：「汝竟識袁彥道不？」

桓溫年輕時家裏貧窮，一次賭博輸得很厲害，債主催逼他償還賭債，又催得很急。他思考自救的方法，可又想不出來。陳郡的袁躭（字彥道）為人慷慨豪邁，又多才多藝，桓溫想要向他求救。袁躭當時正在守孝，桓溫怕他為難，只是試着把這事告訴他。不料袁躭一聽立即答應，沒有一點為難的意思。他就脱去孝服，把孝帽揣到懷裏，跟着桓溫去和債主賭博。袁躭一向有善賭的名聲，那個債主臨開賭局時說：「你不會像袁彥道那樣厲害吧？」就和他一起賭起來。一次就押上十萬錢做賭注，直到升至一次百萬錢，袁躭每次擲下籌碼時都會大喊大叫，旁若無人。贏夠了，從懷中摸出孝帽擲向那個人說：「你終於認得袁彥道了嗎？」

1. 指出以下句子中帶有橫線的字詞意思。（5 分）

(1) 戲大輸　戲：________

(2) 債主敦求甚切　敦：________

(3) 債主敦求甚切　切：________

(4) 應聲便許　許：________

(5) 汝竟識袁彥道不　竟：________

2. 根據文意，把以下的句子語譯為白話文。

(1) 遂變服，懷布帽，隨溫去，與債主戲。（3 分）

____

(2) 十萬一擲，直上百萬數，投馬絕叫，傍若無人。（3 分）

____

3. 根據文意，回答下列問題。

從故事的結構和敘述方式來看，這個故事是如何吸引讀者的興趣？（4 分）

____

總分：　　/15

三十五、惑溺篇

迷亂陷溺

《賈充妻害人終害己》

賈公閭後妻郭氏酷妒[①]。有男兒名黎民，生載周[②]，充自外還，乳母抱兒在中庭，兒見充喜踴[③]，充就乳母手中嗚之[④]。郭遙望見，謂[⑤]充愛乳母，即殺之。兒悲思啼泣，不飲它乳，遂死。郭後終無子。

賈充的繼妻郭氏嫉妒心極強。她有個兒子名叫黎民，生下來才滿一周歲。一天，賈充從外面回家，乳母抱着孩子在庭院中，孩子看見賈充高興得跳起來，賈充走近抱着兒子的乳母，親了親兒子。郭氏遠遠看見了，以為賈充愛上乳母，立即把她殺了。**孩子想念乳母，悲傷地哭泣，也不肯吃別人的奶，就死了。**郭氏後來始終沒有再生兒子。

① 酷妒：極其妒忌。酷：甚，很。
② 載周：才周歲。載：開始。
③ 踴：跳躍。
④ 嗚：親。在東漢及三國時代，表達親吻的意思。
⑤ 謂：以為、認為。

賈充的後妻郭氏因極度嫉妒，誤將乳母視為丈夫的情人並殺害了她。這一錯誤的判斷不僅導致了無辜者的死亡，更間接地害死了自己的兒子。郭氏的嫉妒心蒙蔽了她的雙眼，讓她失去了理智，最終走向悲劇。**請以「一念之差」為題，寫一篇作文。**（參考 2021 DSE 卷二 題二 「隱藏」）

【敘事抒情】

- 看見同學在操場上跌倒的狼狽模樣，手機已經自動對焦，準備拍下這個「搞笑」瞬間。但想起上星期班主任說過社交媒體上的欺凌往往始於一個「無心」的分享。一念之差，我放下了手機，轉而去扶起跌倒的同學。事後得知，那位同學因長期病患而容易跌倒，若我當時拍下影片分享，不僅會傷害他的自尊，更可能引發連串網絡欺凌。這次經歷讓我深深明白，在數位時代，我們每個人手上都握着能夠傷人的武器，一個隨意的分享，都可能造成無法彌補的傷害。一念之差，影響往往超出我們的想像，需要我們以更謹慎、負責的態度面對每一個決定。

【議論】

- 人生每一步皆是選擇，每個決定都可能因一念之差而走向截然不同的結局，正如古人云：「一念天堂，一念地獄」。秦朝丞相李斯曾協助秦始皇統一六國、推行郡縣制，功勳卓著。然而，在秦始皇駕崩後，他因一念之差陷入權力鬥爭，與宦官趙高篡改遺詔，逼死太子扶蘇，擁立昏庸的胡亥繼位。這一選擇導致秦朝二世而亡，李斯最終被腰斬於市，家族遭株連。若李斯堅守初心，選擇維護國家穩定，或許秦朝的命運將截然不同，而他本人也能名垂青史。

「富豪家的廁所」

石崇廁，常有十餘婢侍列，皆麗服藻飾。置甲煎粉、沉香汁之屬，無不畢備。又與新衣箸令出，客多羞不能如廁。

石崇家的廁所，經常有十多個婢女站着侍候，她們都身穿華麗的衣服，打扮精致得體，並且放上甲煎粉、沉香汁等一類的香物，上廁所所用的東西一應俱全。客人上過廁所後，婢女們還給客人換上新衣服，才讓他們出來。很多客人因為害羞要脱衣，就不去上廁所。

有個官員去石崇家作客，去上廁所時， 看見裏面有一張掛着絳紗幔的大牀，牀上的墊褥很華麗，還有兩個婢女手持錦香囊在一旁伺候。他急忙退了出來，尷尬地對石崇説：「剛才我不小心誤闖了你的臥室。」石崇淡淡地説：「那是廁所。」

西晉的侯門世家不僅是自己過得極盡奢華，其中以石崇、王愷、王濟最奢侈，他們彼此還會爭奢鬥富。王愷用糖水洗鍋子，石崇用蠟燭燒飯，王濟會用銅錢鋪地，專供跑馬射箭。而最荒唐的是王濟為求乳豬肉質肥嫩，味道鮮美，更用人奶餵小豬。這種炫耀財富、奢靡享樂的荒唐風氣加速了西晉王朝的滅亡。

三十六、讎隙篇

仇恨嫌隙

《不忍手足相殘》

桓玄將篡①，桓脩欲因②玄在脩母許③襲之。庾夫人云：「汝等④近，過我餘年⑤，我養之，不忍見行此事⑥。」

桓玄將要篡位，桓脩想趁着桓玄在自己母親處時襲擊他。他的母親庾夫人說：「你們是近親，讓我安心過完晚年吧，**我撫養桓玄長大，不忍心看到你做出這樣的事。**」

① **篡：篡奪，奪取皇位。指桓玄攻入建康，廢晉安帝，自稱帝，國號楚。**
② **因：趁着。**
③ **許：處所。**
④ **汝等：你們，對多人的稱呼。**
⑤ **餘年：晚年。**
⑥ **此事：指桓脩欲襲擊桓玄的事。**

庾夫人的仁德之心

本段記述了桓玄即將篡位之際，桓脩計劃利用桓玄在母親庾夫人處時發動襲擊。面對這一局面，庾夫人以深沉的母愛和仁德之心，成功勸阻了桓脩的行動。庾夫人表現出儒家「仁」的精神，她不忍看到手足相殘，這可見她對家庭和諧的珍視。（參考指定文言經典——《論語》）

文言文練習（三十）

玉鏡台

溫公喪婦。從姑劉氏家值亂離散，唯有一女，甚有姿慧，姑以屬公覓婚。公密有自婚意，答曰：「佳婿難得，但如嶠比，云何？」姑云：「喪敗之餘，乞粗存活，便足慰吾餘年，何敢希汝比？」卻後少日，公報姑云：「已覓得婚處，門地粗可，婿身名宦盡不減嶠。」因下玉鏡台一枚。姑大喜。既婚，交禮，女以手披紗扇，撫掌大笑曰：「我固疑是老奴，果如所卜。」玉鏡台，是公為劉越石長史，北征劉聰所得。

溫嶠的妻子去世了。他的堂姑母劉氏，家裏因遭遇戰亂而流離失散，只剩下一個女兒，美麗又聰明。堂姑母囑托溫嶠給找個女婿。溫嶠暗自有自己娶她的意思，就回答說：「好女婿不容易找到，跟我差不多的人可以嗎？」堂姑母說：「經過兵荒馬亂，家族喪敗之後，但求苟全性命，只要能維持生活，就足以安慰我的晚年了。哪裏敢指望能找到像你這樣的人呢？」之後沒幾天，溫嶠回覆堂姑母說：「已經找到可以議婚的人家了，門第還過得去，女婿的名聲和官職都不比我差。」就留下一座玉鏡台作為聘禮。堂姑母大為高興。到結婚那天，行過交拜禮之後，新娘用手撥開遮面的紗扇，拍手大笑說：「我本來就懷疑是你這老家伙，果然不出我所料！」玉鏡台，是溫嶠做劉越石（劉琨）的長史時，北伐劉聰時得到的。

1. 指出以下句子中帶有橫線的字詞意思。(5 分)

(1) 從姑劉氏家<u>值</u>亂離散　值：________

(2) 乞<u>粗</u>存活　粗：________

(3) 門地<u>粗</u>可　粗：________

(4) 我<u>固</u>疑是老奴　固：________

(5) 果如所<u>卜</u>　卜：________

2. 根據文意，把以下的句子語譯為白話文。

(1) 喪敗之餘，乞粗存活，便足慰吾餘年，何敢希汝比？（3 分）

____

(2) 女以手披紗扇，撫掌大笑曰：「我固疑是老奴，果如所卜。」(3 分)

____

3. 根據文意，回答下列問題。

玉鏡台在故事中有何象徵意義？它如何推動了情節發展？（4 分）

____

總分：　　/15

附錄：文言文練習答案

文言文練習（一）

管寧與華歆

1. 字詞意思

   故：依舊

   廢：丟下

   輒：總是

   難：感為難

   拯：拯救、救援

2. 句子語譯

   管寧仍舊揮動鋤頭，把金子看得如同瓦礫石塊一樣，華歆卻拾起來又扔掉。

文言文練習（二）

小時了了

1. 字詞意思

   通：通報、轉達

   僕：我

   奕：累積、重

   奇：以……為奇異、驚異

   了：聰敏、穎慧

2. 句子語譯

   登門拜訪的是才子、名流和他的內外親屬，才可以通報進門。

文言文練習（三）

陶侃善用木屑

1. 字詞意思

   咸：都、完全

   值：適逢

   妨：妨礙

   嘗：曾經

   乃：於是、就

2. 句子語譯

   後來桓溫進攻蜀中，裝配戰船時，都用這些竹頭作竹釘來用。

文言文練習（四）

王羲之與支道林

1. 字詞意思

   拔：突出

   輕：輕視

   載：乘坐

   披：揭開

   已：停止

2. 句子語譯

   王羲之總是設定界限（保持距離），不與支道林交談。不一會兒支道林就 退了。

文言文練習（五）

曹植七步詩

1. 字詞意思

   令：命令

   持：拿

   釜：鍋子

   然：燃燒

   慚：羞愧

2. 句子語譯

   魏文帝曾經命令東阿王在七步之內寫出一首詩，如果不能完成就要處以死刑。

文言文練習（六）

二王輕視羊孚

1. 字詞意思

   蚤：早上

   悦：喜悦

   委：放置、擱置

   矚：看、注視

   屬：勸請、邀請

2. 句子語譯

   方才我沒有按照你們的意思離去，只因肚子還是空空的。

文言文練習（七）

王含父子投奔了錯人

1. 字詞意思

   歸：投靠、投奔

   宜：適宜

   興：引起、產生

   共：一起

   具：準備

2. 句子語譯

   江州刺史（王彬）在別人強盛得勢的時候，敢於抗爭，説出不同的政見，這不是平常人所能做到的。

文言文練習（八）

王湛出仕

1. 字詞意思

   脫：偶爾

   聊：姑且、暫且

   略：幾乎、絲毫

   輒：總是

   調：嘲弄、嘲笑

2. 句子語譯

   後來王濟姑且試試問叔叔一些近來發生的事情，王湛的回答言辭精湛，出乎王濟的意料之外。

文言文練習（九）

東方朔救乳母

1. 字詞意思

   濟：成功

   屢：多次

   冀：希望

   邪：嗎

   愍：憐憫

2. 句子語譯

   等你將要離開時，只要不斷回頭望着武帝，千萬不要說話。

文言文練習（十）

桓玄打獵

1. 字詞意思

   蔽：遮蓋

   逸：逃跑

   絳：紅色

   堪：承受

   差：好轉、病癒

2. 句子語譯

   桓玄喜歡打獵，每次出去打獵，隨從的車馬很多，五、六十里內旗幟遍佈，遮蓋了田野。

文言文練習（十一）

郗超還兵權

1. 字詞意思

   惡：討厭、厭惡

   素：一向

   獎：輔佐、幫助

   竟：完畢

   陳：陳述

2. 句子語譯

   (1) 在路上聽說送信的人到了，急忙拿過信來，看完後，把信撕成一寸寸的碎片。

   (2) （信裏）陳述自己年老多病，不能勝任世事，想請求有一處閑散的地方（找個閒散的官位）休養生息。

3. 回答問題

   郗超的行動顯示了他有敏銳的洞察力拥分）、果斷的行動力拥分）。他清晰掌握了當下的政治局勢，明白桓溫忌憚父親手握兵權拥分），所以他以父親的名義主動還兵權，試圖消除桓溫對父親的疑慮，以此明哲保身拥分）。

文言文練習（十二）

桓石虔勇救桓沖

1. 字詞意思

   齋：書房

   從：跟隨

   抗：抵抗、抵擋

   徑：直接

   服：佩服

2. 句子語譯

   (1) 「你叔叔身陷敵陣，你知道嗎？」桓石虔聽後，意氣奮發。

   (2) 三軍將士沒有不讚嘆心服。黃河以北地區的人後來就用他的名字來驅趕瘧疾鬼。

3. 回答問題

   黃河以北的人用桓石虔的名字來驅趕瘧疾鬼，是因為他在枋頭之戰中表現出非凡的勇氣（1 分），能夠在數萬敵軍中單槍匹馬救出桓沖，令三軍嘆服（1 分），這反映了他的威名遠播，具有極大的震懾力（1 分），以至於民間都以其名字來驅邪（1 分）。

文言文練習（十三）

石頭事故，庾亮投奔陶侃求救

1. 字詞意思

   投：投靠

   釁：根源、罪過

   謝：謝罪、認錯

   悉：了解

   頓：頓時、立刻

2. 句子語譯

(1) 罪過的原因（根源）在於庾家人，殺了庾家兄弟，也不足夠向天下人謝罪。

(2) 庾亮的風度姿態和神情相貌，使陶侃一見之後，立即改變了原先的看法。兩人暢談歡宴了一整天，陶侃對庾亮的喜愛和看重立刻達到頂點。

3. 回答問題

首先，庾亮風姿神貌出眾，氣質不凡，令陶侃在初次見面時即生好感（1 分）；其次，兩人一見面就能暢談整天（1 分），足見庾亮具備良好的談吐和才學（1 分），因此陶侃對他由厭惡轉為喜愛和看重。（1 分）

文言文練習（十四）

周處除三害

1. 字詞意思

劇：嚴重

説：勸説

俱：（在）一起

患：厭惡

具：全部、皆、都

2. 句子語譯

(1) 周處就立即刺殺了老虎，又下水去擊殺蛟龍。蛟龍有時浮出水面，有時沉入水底，游了幾十里。

(2) 周處把所有過去的事全部 訴了陸雲，並且表達自己想改過自身，但自己已經白白浪費了不少年華，恐怕最終沒有甚麼成就。

3. 回答問題

這個故事傳達了知錯能改、浪子回頭的人生哲理（1 分）。周處從一個為鄉里所懼怕的「三横」之一，到後來聽聞鄉里對他的厭惡而有所醒悟（1 分），並在陸機的鼓勵下，明白只要有決心，任何時候改過自新都不嫌晚，最終成為忠臣孝子（1 分），展現了人只要立定志向、決心改過，就能夠改變命運（1 分）。

文言文練習（十五）

許允婦保兒子

1. 字詞意思

爾：如此

徙：搬遷

咨：商量

從：聽從

卒：最終、終於

2. 句子語譯

(1) 許妻正在織機上織布，神色不變，説：「早知道會如此的！」

(2) 你們雖然很好，但是才華還不夠，只要直率地隨心所想和他們交談，就沒有甚麼好擔心的。

3. 回答問題

司馬師派鍾會去察看許允的妻兒，是要觀察許允的兒子是否像父親一樣有才能（1 分），如果有的話，為了加以防範，就要把他們抓捕起來（1 分）。許允的妻子冷靜沉著，她在丈夫被殺時能保持鎮定（1 分），並在鍾會來訪時，指導兒子要表現平常，以此展現出深謀遠慮的智慧，最終保全了家人（1 分）。

文言文練習（十六）

劉驎之行善

1. 字詞意思

遣：派遣

貺：（賞）賜

悉：全部

餉：贈送

乞：給予

2. 句子語譯

(1) 派人開船去迎接他，並且贈送的賞賜非常厚重。劉驎之聽到任命，就登船出發。

(2) 劉驎之在陽岐村居住多年，衣服和食物不論有多少，都常和村裏人共同分享。

3. 回答問題

劉驎婉拒了桓沖的高官厚祿，並將桓沖贈予的物品全部施捨給窮困的人，顯示他樂善好施（2 分）；他選擇隱居陽歧，不追求官職與權力，可見他淡泊名利（2 分）；他能與鄉里和睦相處，即使在困難時期也與村民同舟共濟，反映了他樂於過簡樸的生活，對自由生活的嚮往（2 分）。（任何 2 項）

文言文練習（十七）：

陶侃母割髮換米

1. 字詞意思

酷：非常、極

但：只管

計：辦法

乏：缺少、不足

猶：還是、仍然

2. 句子語譯

(1) 湛氏頭髮長得可以拖到地上，她剪下來做成兩副假髮，賣了換得幾斛米。

(2) 范逵既讚嘆陶侃的才能和善辯，又對陶侃的盛情招待感到深深愧疚。

3. 回答問題

湛氏面對困境能當機立斷，不惜剪髮變賣、砍伐房柱以解燃眉之急（1 分），充分展現了她機智果敢、犧牲奉獻的性格特點（1 分）。她的行為對陶侃產生了重要的影響，她幫助陶侃盛情款待范逵，爭取了深入交談的機會（1 分），最後更因此贏得了范逵的賞識舉薦，為陶侃打通了入仕的機會（1 分）。

文言文練習（十八）

殷浩焚藥方

1. 字詞意思

垂：將近

訖：完畢

感：感動

始：才

愈：痊癒

2. 句子語譯

(1) 有一個日常使喚的僕人，忽然給他磕頭至流血。殷浩問他是甚麼緣故。

(2) 小人的母親年紀將近百歲，身染疾病已經很久，倘若能蒙大人給她診一次脈，就有活命的希望。

3. 回答問題

殷浩能被僕人的至孝之心所感動，願意破例為其母診治（1 分），顯示了他善良仁厚、富有同情心（1 分）；其次，他雖因一時感動而破例行醫，但事後焚燒醫書，堅持不再重操舊業（1 分），展現其徹底割捨醫者身份的決心，使精神擺脱世俗的羈絆（1 分）。

文言文練習（十九）

荀勗善畫

1. 字詞意思

協：和睦、融洽

直：價值

善：擅長

報：報復

慟：悲哀

2. 句子語譯

(1) 模仿荀勗的字跡，寫信給他母親要取寶劍，騙走之後再也不還回去。

(2) 後來鍾會、鍾毓兄弟倆用千萬巨資建造一所住宅，剛剛落成，極為精致華麗，還沒有來得及搬進去居住。

3. 回答問題

鍾會先是利用親戚關係，偽造荀勗的筆跡騙取價值連城的寶劍，並據為己有不歸還（1 分），這一行為顯然是對荀勗的不尊重及挑釁（1 分）；而荀勗則等待時機報復，在鍾氏兄弟新宅畫了他父親的畫像，讓鍾會兄弟悲痛不已，最後新居就此廢棄（1 分）。此舉顯然出於敵意及報復（1 分），反映出他們雖有親戚之誼，實則關係極不和諧。

文言文練習（二十）

陳紀斥父友

1. 字詞意思

期：約定

至：到；來

乃：才

委：捨棄、拋棄

顧：回頭

2. 句子語譯

(1) 相約在中午見面，過了中午朋友還沒到，陳寔就不顧而先走了。

(2) 您自己中午沒來，這是沒有信用；對着別人兒子罵他父親，這是沒有禮節。

3. 回答問題

起初陳寔的朋友對陳寔的離去感到憤怒（1 分），斥責陳寔不是人，認為他不該拋棄自己先離開（1 分）；但當元方指出他既沒有信用，又沒有禮節（1 分），朋友頓時意識到自己理虧且失禮，因而轉為慚愧。這種態度轉變反映出他被元方的言辭所折服（1 分）。

文言文練習（二十一）

山濤妻

1. 字詞意思

窺：暗中觀察、偷看

乎：嗎

墉：牆壁

旦：天亮

反：返回

2. 句子語譯

(1) 有一天，嵇康、阮籍二人來了，妻子勸山濤把他們留宿在家，親自備好酒肉。

(2) 妻子說：「您的才能、情趣根本比不上他們，只能靠見識、氣度和他們交朋友罷了。」

3. 回答問題

文中通過山濤夫婦的對話和行為來側面描寫嵇康和阮籍的才華（1 分）。首先，山濤對妻子表示現在可以當作朋友的人只有嵇康和阮籍，以山濤對二人的高度評價來反映他們的不凡（1 分）；其次，韓氏徹夜觀察，結果「達旦忘反」，表現出她被二人的才華深深吸引（1 分）；最後，韓氏認為山濤的才學不及二人，只是靠見識、氣度才能和他們交朋友，以其高度評價突出嵇、阮二人才華橫溢（1 分）。

文言文練習（二十二）

嵇紹拒為伶人

1. 字詞意思

詣：到、前往

卻：推卻、推辭

苟：隨便

釋：脫下

襲：穿上

2. 句子語譯

(1) 於是命人送上樂器，嵇紹推辭，不肯演奏。司馬冏問：「今天眾人一同歡聚，你為甚麼推卻呢？」

(2) 絲竹弦樂，那是樂官的工作。我不能身穿先王制定的官服卻做着伶人的事情。

3. 回答問題

嵇紹面對的兩難處境是：一方面他不想在朝臣面前演奏樂器，以免有損尊嚴（1 分）；另一方面他又不能直接拒絕齊王司馬冏的要求，以免得罪對方（1 分）。面對此困境，他引用「不可以先王法服為伶人之業」的禮制規定，提出願意脫下官服，換上便服後再演奏，成功化解了危機（1 分）。這展現了其隨機應變的智慧，既堅守原則，維護了自身尊嚴，又懂得變通，顧及了齊王顏面。（1 分）

文言文練習（二十三）

遠志與小草

1. 字詞意思

臻：到達

處：隱居、退隱

目：使眼色；看

惡：壞、不好

會：意味、意趣

2. 句子語譯

(1) 當時，有人給桓溫送藥草，其中有一味遠志。

(2) （郝隆）馬上回答：「這很容易理解，隱處時就是遠志，出山了就是小草。」

3. 回答問題

因為郝隆的回答「處則為遠志，出則為小草」暗諷謝安也像這種藥草一樣（1 分），本來隱居東山、懷着遠大志向（1 分），但卻因朝廷徵召而出山，有如平凡的小草（1 分）。郝隆這個看似解釋藥名的答案，實際上說出謝安心中的矛盾和無奈，因而感到慚愧（1 分）。

文言文練習（二十四）

桓溫以牛況宏

1. 字詞意思

踐：踏上

任：承擔

色：臉色

啖：吃

況：比喻

2. 句子語譯

(1) 「國運本來就有衰落和興盛的，難道一定是他們的過錯嗎？」桓公神色驟然嚴肅，變了臉色。

(2) 曹操進入荊州後，就把這頭大牛煮了犒勞士兵，當時沒有人不叫好的。

3. 回答問題

桓溫用劉表的大牛來諷刺袁宏「名不副實」（1 分）。劉表的大牛雖食量驚人，力量卻不如普通牛，最終被曹操烹殺犒賞士卒（1 分）。桓溫借此暗指袁宏：雖居高位享厚祿，卻無益於國（1 分），警示袁宏若繼續空談誤事，終將像大牛被烹煮（1 分）。

文言文練習（二十五）

庾冰報恩

1. 字詞意思

   覓：尋找

   屬：叮囑；囑咐

   報：報答

   適：滿足

   市：購買

2. 句子語譯

   (1) 庾冰非常驚慌，但又不敢動。搜查的人見這艘船很狹小，裝不下甚麼東西，認為差役喝醉了亂說話。

   (2) 庾冰給他蓋了大房子，買奴婢，讓他家裏有上百斛的酒，一直供養終身。

3. 回答問題

   差役出身低微，名利當前，卻直言「不願名器」，不求官位顯達，拒絕庾冰給予的權位回報（1分），體現他淡泊名利的生活態度（1分）；

   另外，差役以「酒足餘年」為唯一願望，只要求有足夠的酒以度餘年（1分），這種及時行樂的態度，可見他對生活的要求簡單而達觀。（1分）

文言文練習（二十六）

石崇殺勸酒美女

1. 字詞意思

   交：交替

   固：堅持、固執

   尚：還

   讓：責備

   伊：他

2. 句子語譯

   (1) 總讓美人斟酒勸飲。如果賓客不能把酒喝完，就命令家奴交替殺掉勸酒的美人。

   (2) 丞相（王導）責備他，大將軍（王敦）說：「他殺自己家的人，關你甚麼事！」

3. 回答問題

   王導本來不善飲酒，但為了不讓美人被殺，勉強自己喝到醉（1分），可見他富有同情心，願意自我犧牲來救人（1分）；王敦堅持不喝酒，甚至冷眼旁觀三個美人被殺，仍無動於衷（1分），可見他冷酷無情，漠視他人生命（1分）。

文言文練習（二十七）

王藍田吃雞蛋

1. 字詞意思

   筯：筷子

   仍：於是

   瞋：生氣

   齧：咬

   猶：尚且

2. 句子語譯

   (1) （王述）用筷子去戳，戳不進，就大發脾氣，拿起雞蛋，扔在地上。雞蛋在地上轉個不停。

   (2) （王述）憤怒極了，又從地上撿起雞蛋放進嘴裏，狠狠咬破雞蛋，又馬上吐出來。

3. 回答問題

   王述在故事中性情急躁（1分）衝動易怒（1分）。當他無法用筷子刺破雞蛋便大怒，隨即將雞蛋摔到地上，滾動後又用鞋齒踩，仍未成功時更加憤怒，最後直接將雞蛋放入口中咬破並吐出（1分）。可見他在面對生活小事上，缺乏耐心，容易失去理智（1分）。

文言文練習（二十八）

謝安的領導才能

1. 字詞意思

   審：察知、清楚了解

   數：屢次、經常

   說：令 .... 喜歡、高興

   箸：顯揚、彰明

   免：免除、避免

2. 句子語譯

   (1) （謝萬）從來不曾去安撫慰問眾將士。謝安非常器重愛護謝萬，但察知他一定會失敗，就與謝萬一起出行。

   (2) 謝安想（對將士們）彰明恩德與信任，從隊長以至主帥，按大小將領的次序，沒有不親自拜訪，非常誠摯地道歉。

3. 回答問題

   謝安建議謝萬作為元帥應多召喚各將領來參加宴會（1分），以安撫眾心和團結士氣（1分）。謝安亦以身作則，親自拜訪隊長及將帥，表現出對他們的歉意與厚意（1分）。最後在謝萬事敗後，將士們看在謝安的面上，讓謝萬免於一死（1分）。

文言文練習（二十九）

賭神袁彥道

1. 字詞意思

   戲：賭博

   敦：催促

   切：急迫

   許：答應

   竟：終於、到底

2. 句子語譯

   (1) （袁躭）就脱去孝服，把孝帽揣到懷裹，跟着桓温去和債主賭博。

   (2) 一次就押上十萬錢做賭注，直到升至一次百萬錢，袁躭每次擲下籌碼時都會大喊大叫，旁若無人。

3. 回答問題

   故事開頭通過一個緊張的情境設置懸念（1分），即桓温面臨賭債危機，引發讀者的好奇心（1分）。隨着袁耽的出場，故事進一步展開。袁耽在賭局中「十萬一擲，直上百萬數」，投馬時「絕叫，傍若無人」（1分），這些細節生動描繪了賭局的刺激與緊張，讓讀者全神貫注地閱讀（1分）。

文言文練習（三十）

玉鏡台

1. 字詞意思

   值：碰上

   粗：馬虎

   粗：大致、稍微

   固：本來、一向

   卜：預料

2. 句子語譯

   (1) 經過兵荒馬亂，家族喪敗之後，但求苟全性命，只要能維持生活，就足以安慰我的晚年了。哪裏敢指望能找到像你這樣的人呢？

   (2) 新娘用手撥開遮面的紗扇，拍手大笑説：「我本來就懷疑是你這老家伙，果然不出我所料！」

3. 回答問題

   溫嶠以玉鏡台作為聘禮，象徵著婚姻的誠意和承諾（1分）。玉鏡台作為珍貴的物品，象徵身份與地位，表明溫嶠有能力為女方提供生活保障（1分）。玉鏡台的出現在故事中起到了關鍵的作用，它是故事發展的重要轉折點（1分），它使堂姑母信以為真，以為女兒已找到門當戶對的佳婿，從而促成婚事的進行（1分）。